Frieda Seemann

Die Stimme deines Herzens

Frieda Seemann

Die Stimme deines Herzens

Roman

Bibliografische Information der Deutschen Nationalbibliothek:
Die Deutsche Nationalbibliothek verzeichnet diese Publikation in der
Deutschen Nationalbibliografie; detaillierte bibliografische Daten sind
im Internet über http://dnb.dnb.de abrufbar.

Herstellung und Verlag:
BoD – Books on Demand, Norderstedt

ISBN: 978-3-7534-2522-1

Kapitel 1

Ich stehe vor dem Spiegel und betrachte das Mädchen, das ich darin sehe. Sie sieht hübsch aus. So, als hätte sie sich Mühe gegeben, aber trotzdem nicht übertrieben. Ich lächle zufrieden und greife nach meiner cremefarbenen Handtasche, die passend zu meinem Kleid ist und atme tief durch.

Heute ist er also, der große Tag, auf den ich mich schon so lange freue: Meine Abschlussfeier mit anschließendem Ball. Alle Schüler und Eltern werden dort sein und sogar die Lehrer und Vertreter einiger Colleges.

Meine Mum wird erst etwas später dazukommen, denn sie arbeitet bei der Catering Firma, die sich um das Buffet für die Feier kümmert und dort ist sie sehr eingespannt.

Ich bin ein wenig traurig darüber, dass sie nicht sehen wird, wie man mir mein Zeugnis überreicht, aber immerhin wird sie die Feier danach mitbekommen.

Dieser Tag bedeutet mir sehr viel. Er öffnet ein neues Kapitel für mich, denn im Herbst werde ich mit dem Studium beginnen. Die Schulzeit bestand für mich meistens aus harter Arbeit, die sich letztendlich ausgezahlt hat. Ich habe alle Examina mit der Bestnote bestanden und bin unglaublich stolz auf mich.

Vielleicht finde ich heute sogar die Gelegenheit, mich mit dem Vertreter des International College Of

Management zu unterhalten -dort werde ich studieren- um eine Idee dafür zu bekommen, wie ich mich am besten vorbereite und was wichtig sein wird. Ich kann es noch kaum glauben, dass ich wirklich in Sydney angenommen wurde. Seitdem ich klein bin, ist es mein Traum, dort zu studieren und jetzt wird es Realität.

Meine Mutter ruft von unten: „Stella, kommst du nun endlich runter? Wir müssen noch die Fotos machen und haben nicht mehr viel Zeit. Du willst doch nicht zu spät zu deiner Abschlussfeier kommen!"

Ich verdrehe die Augen, während ich ihr antworte: „Ja Mum, ich bin sofort fertig!"

Meine Mum ist sehr streng was Pünktlichkeit und viele andere Dinge angeht. Das ist nicht immer einfach, aber ich weiß, dass sie nur das Beste für mich will. Deshalb beeile ich mich und werfe noch einen letzten prüfenden Blick in den Spiegel, um mich zu vergewissern, dass alles so sitzt wie gewollt, bevor ich mich auf den Weg nach unten mache.

An der Treppe angekommen sehe ich meine Mum und Tristan, mein bester Freund und Begleitung für den Abend, die sich unterhalten, während sie auf mich warten. Als sie mich erblicken, wirken sie überrascht und gerührt. Mum kommen fast die Tränen und auch Tristan sieht beeindruckt aus.

„Wow Stels", sagt er, „du siehst atemberaubend aus."

Ich muss grinsen und gebe das Kompliment zurück. Er hat sich Mühe gegeben mit seinem Outfit, das lässt sich unschwer erkennen, aber es sieht auch wirklich gut aus. So erwachsen…ganz anders als sonst, aber echt scharf.

Bevor ich mich über meine Gedanken wundern kann, kommt Mum zu mir und nimmt mich in den Arm.

„Oh Stella, du glaubst gar nicht, wie stolz ich auf dich bin. Ich habe die schönste Tochter auf der ganzen Welt und ich könnte nicht glücklicher sein mit dir an meiner Seite."

Ich werde kurz wehmütig. Sie hat mich mein ganzes Leben lang allein großgezogen. Soweit ich weiß gab es nach meinem Vater nie einen Mann an ihrer Seite. Wir sprechen nicht viel über ihn oder die Liebe, aber wenn, dann versichert sie mir, wie gut es ihr geht und dass sie niemanden braucht außer mich. Das glaube ich ihr zwar nicht, aber in dem Punkt will sie mir nicht zuhören.

„Ich habe dich auch lieb Mum", antworte ich ihr.

Sie macht ein paar Fotos von mir und Tristan und dann verabschieden wir uns voneinander.

Gerade als ich nach draußen zu Tristan gehen möchte, der schon bei seinem Auto auf mich wartet, hält Mum mich zurück.

„Stella! Warte kurz, ich muss dir noch etwas erzählen, bevor du gehst."

Ich bleibe stehen und sehe sie erwartungsvoll an.

„Hier," sagt sie und gibt mir etwas in die Hand. Es ist ein Briefumschlag. „Dieser Brief ist von deinem Vater. Du weißt, ich halte nicht viel von ihm und denke auch weiterhin, dass es besser für dich ist, wenn du keinen Kontakt zu ihm hast, aber er bat mich, dir diesen Brief am Tag deiner Abschlussfeier zu geben. Erst wollte ich es nicht tun, doch ich weiß, wie viel dir daran liegt, wenigstens eine Kleinigkeit über ihn zu erfahren, deshalb habe ich mich umentschieden…"

„Ähm okay, danke", sage ich. Ich weiß nicht, was ich sonst sagen soll. Unschlüssig sehe ich den Brief in meinen Händen an. Dann sage ich: „Kannst du mir den bitte in mein Zimmer legen?"

„Natürlich", sagt meine Mum und nimmt mich in den Arm. „Ich liebe dich Stella und ich hoffe, das vergisst du nie. Und jetzt geh los und rock deine Feier! Du hast hart gearbeitet und dir diesen Moment überaus verdient. Ich wünsche euch einen wunderbaren Tag, genieße ihn und bis später!"

Ich weiß nicht so recht, was ich darauf antworten soll, deshalb sage ich meiner Mum nur auf Wiedersehen, gebe ihr einen Kuss auf die Wange und gehe zu Tristan. Er hält mir die Autotür auf und hilft mir beim Einsteigen, ganz wie ein Gentleman.

Während der Fahrt bin ich still und in Gedanken versunken. Tristan sieht mich ein paar Mal leicht besorgt an, sagt zum Glück jedoch nichts. Ich habe keine Lust über das Gespräch zwischen mir und meiner Mum zu reden und ihm von dem Brief zu erzählen. Ich weiß ja selbst noch nicht so recht, was ich davon halten soll.

Als wir bei der Location ankommen und ich aus dem Auto aussteige, ist meine komische Laune jedoch wie weggeblasen.

„Wow!", sage ich zu Tristan, der mir seinen Arm anbietet, „es ist wunderschön hier."

„Allerdings" sagt er und lächelt mich an. „Ich bin so froh, dass ich dich heute begleiten darf. Ich weiß ja, wie viel dir das alles bedeutet."

Ich hake mich bei ihm unter. Tristan ist ein Jahr älter als ich und schon fertig mit der Schule. Trotzdem habe ich darauf bestanden, dass er mich heute begleitet.

„Tris, du bist mein bester Freund und das seit Jahren. An so einem wichtigen Tag wie heute ist es doch klar, dass du dabei sein musst."

Er sieht mich an. „Dein bester Freund. Klar.-"

Für einen kurzen Moment verändert sich sein fröhlicher Gesichtsausdruck und es sieht fast so aus, als wäre er enttäuscht. Doch bevor ich mich vergewissern kann, strahlt er mich schon wieder an und sagt: „Und jetzt lass uns reingehen, dein Zeugnis abholen und danach feiern, bis wir umfallen."

Ich muss lachen und schüttele meine Gedanken ab. Ich muss mich getäuscht haben. Tristan und ich gehen durch die prächtig geschmückte Eingangstür und sobald ich den ersten Fuß über die Türschwelle gesetzt habe, beschließe ich, alle meine Gedanken für den Abend zu verdrängen und wie Tristan es kurz zuvor gesagt hat: Mein Zeugnis abholen und dann feiern bis zum Umfallen.

Die Feier ist richtig gut gelungen. Nach der Abschlusszeremonie und der Zeugnisverleihung geht es nach draußen, wo Buffet und Tanzfläche sind. Ich renne zu meiner Mum und halte ihr mein Zeugnis vor die Nase.

Sie umarmt mich und sagt mir wieder und wieder, wie stolz sie auf mich ist. Dann zieht mich Tristan von ihr weg auf die Tanzfläche, wo der Rest meiner Klasse schon die Stimmung aufheizt. Ich tanze so lange, bis ich ganz außer Atem bin und eine Verschnaufpause brauche.

Ich sehe mich genauer um und betrachte die Location. All die kleinen Details, auf die bei der Deko wie dem Buffet geachtet wurde, wirklich klasse! Die Feier ist großartig. Ich tanze viel, lache und habe unglaublichen Spaß. Ich fühle mich einfach richtig am Platz. Die Leute sind alle gut gelaunt, niemand wird ausgeschlossen oder schräg von der Seite angeguckt. Es scheint, als würden alle einfach den Tag genießen und die Sticheleien der letzten Jahre vergessen. Auch wenn ich mir wünsche, dass dies schon viel früher passiert wäre, freue ich mich darüber. Besser spät als nie!

Tristan scheint sich nicht ganz so wohl zu fühlen wie ich und alle anderen es tun, aber er lässt es sich nicht anmerken, wahrscheinlich mir zuliebe.

Viel zu schnell geht der Abend vorüber. Die Zeit rast, Stunden fühlen sich an wie Minuten und ich bin verwundert, als die Feier um Mitternacht beendet wird. Ich hätte nicht gedacht, dass es schon so spät ist. Ich verabschiede mich von allen und gehe dann mit Tristan zum Auto.

Ich muss lachen.

„Was ist?", fragt mich Tristan.

„Jetzt ist alles vorbei", sage ich und sehe ihn an. „All die Hausaufgaben und Fächer, die man nicht mag. Nie wieder! Von jetzt an beginnt das richtige Leben und ich bin sowas von bereit dafür!"

Er muss auch lachen und hilft mir beim Einsteigen. Auf dem Weg nach Hause nicke ich im Auto ein, weil mich plötzlich eine starke Müdigkeit überfällt. Ich wache auf, als Tristan mich leicht an der Schulter rüttelt, weil wir bei meinem Haus angekommen sind.

Ich bin noch etwas verschlafen, weshalb Tristan mir die Tür aufhält. Ich murmle ihm gute Nacht zu und will zur Haustür gehen, da hält er mich am Arm fest und dreht mich so, dass ich ihm direkt gegenüberstehe.

„Was ist?", frage ich ihn. Er druckst herum und wirkt nervös, fängt sich dann aber wieder.

„Ich muss dir etwas sagen…und ich habe auch eine Kleinigkeit für dich."

Er geht zum Kofferraum seines Autos und kommt mit einer kleinen Schachtel und einem Briefumschlag wieder zurück.

„Ich wollte nur noch einmal sagen, wie froh ich bin, dass ich all die Jahre dein bester Freund sein durfte und hoffentlich noch viel länger sein werde… Vielleicht auch mehr als nur dein bester Freund."

Er gibt mir die Schachtel und den Brief.

„Ich habe ein kleines Geschenk für dich. Ich habe es vor ein paar Jahren gekauft und nie den passenden Moment gefunden, um es dir zu geben, aber ich kann es nicht länger aufbewahren.

Ich wollte es dir vorhin nicht geben, weil mir der Moment unpassend vorkam, deshalb gebe ich es dir jetzt. Ich hoffe es gefällt dir…Und den Brief, lies ihn dir in Ruhe durch und nimm dir alle Zeit, die du brauchst. Ich habe dich lieb! Bis bald hoffentlich Stels, Gute Nacht."

Ich umarme ihn und wünsche ihm ebenfalls eine gute Nacht. „Bis bald Tris." Dann gehe ich ins Haus.

Meine Mum schläft schon. Sie hat die Feier früher verlassen als wir, weil sie sehr müde war und auch ich lege mich sofort ins Bett. Ich denke kurz über Tristans Worte nach und überlege, sein Geschenk jetzt zu öffnen, doch ich besinne mich. Ich werde bis morgen warten, wenn ich ausgeschlafen bin. Ich habe eine Ahnung was in dem Brief stehen könnte und falls sie sich bestätigt, werde ich gute Nerven brauchen.

Keine 5 Minuten später schlafe ich tief und fest.

Kapitel 2

Es ist schon fast Mittag, als ich aufwache. Ich höre, wie meine Mutter unten in der Küche flucht. Ich stöhne auf und vergrabe den Kopf im Kissen. Das hat mir gerade noch gefehlt. Wenn meine Mum schlechte Laune hat, dann sollte man ihr lieber nicht über den Weg laufen. Da bleibe ich lieber noch etwas liegen.

Als ich unten etwas herunterfallen höre und Mum erneut flucht, nehme ich mir meine Kopfhörer und mache mir laut Musik an, um die Geräusche auszublenden.

Als es irgendwann wieder leise ist, gehe ich nach unten. Auf dem Küchentisch liegt ein Zettel von Mum, auf dem steht, dass im Kühlschrank noch etwas vom Mittagessen von gestern ist, was ich mir warmmachen kann. Ich habe noch keinen großen Hunger und mache mir deshalb einfach ein Müsli und einen Smoothie. Mit dem fertigen Essen setze ich mich vor den Fernseher und schaue meine Lieblingsserie.

Eigentlich ist es eine Tradition von Mum und mir, am ersten Ferientag etwas gemeinsam zu unternehmen und die Nacht im Freien zu verbringen, aber vorhin hatte sie so schlechte Laune, dass ich mir nicht sicher bin, ob sie überhaupt Lust darauf hat. Außerdem haben wir noch nichts besprochen; weder den Ort, noch, was wir mitnehmen.

Irgendwann höre ich die Haustür, meine Mutter ist wieder da. Ich sage laut Hallo, bekomme jedoch keine Antwort. Ich zucke mit den Schultern, vermutlich hat sie mich nicht gehört. Ich fixiere mich wieder auf meine Serie.

Plötzlich schiebt sich meine Mutter vor den Fernseher und sieht mich sauer an.

„Was soll das Stella?", fragt sie mich, „warum sitzt du hier so faul rum?"

Ich sehe sie nur mit offenem Mund an. „Wie bitte?", frage ich sie ein wenig verblüfft.

„Du weißt ganz genau was ich meine. Hast du meinen Zettel nicht gelesen? Wir wollten jetzt los, heute ist doch unser Ausflug dran! Ich war gerade Proviant einkaufen und dachte, wir können jetzt los! Aber da wird wohl nichts draus, wenn ich mir dich so anschaue. Du sitzt faul auf der Couch und guckst lieber deine bescheuerte Serie, als deine Tasche zu packen und mit mir den Ausflug zu machen, wie jedes Jahr."

„Mum, ich weiß nicht, wovon du redest! Den einzigen Zettel, den ich gesehen habe, war der mit dem Essen im Kühlschrank. Da war kein anderer. Und ich war mir echt nicht sicher, ob wir den Ausflug überhaupt machen, weil wir noch nichts besprochen haben."

Meine Mutter geht um die Couch herum und sagt: „Ach das ist doch Quatsch, ich habe den Zettel an den Kühlschrank gehängt. Du hast Tomaten auf den Augen!"

„Das lässt sich ja leicht überprüfen!", sage ich zu ihr und gehe zum Kühlschrank, um nachzusehen wer Recht hat. Am Kühlschrank ist nichts.

„Ich glaube eher, du hast Tomaten auf den Augen", sage ich zu ihr, „hier ist rein gar nichts!"

Meine Mutter stellt sich neben mich, sieht erst den Kühlschrank an und dann mich.

„Du gehst jetzt sofort auf dein Zimmer, der Ausflug ist gestrichen!"

„Was?!", stoße ich ungläubig hervor, „du willst mich einsperren, weil ich Recht habe? Tut mir leid Mum, aber ich bin nicht mehr 10. Ich bin erwachsen und kann gehen wann und wohin ich will!"

Meine Mutter haut mit der flachen Hand auf den Küchentisch. „Na dann geh doch, ich halte dich nicht auf."

Ich sehe sie mit offenem Mund an und kann nur den Kopf schütteln. Ich weiß nicht, was für eine Laus ihr heute Morgen über die Leber gelaufen ist, aber wie sie sich mir gegenüber verhält ist einfach lächerlich.

„Bitte, wie du willst", sage ich und gehe nach oben in mein Zimmer.

Während ich nach oben gehe höre ich meine Mutter rufen: „Wenn du gehen willst Stella, dann brauchst du erstmal nicht wiederkommen!"

Ich werde wütend. Wow, das geht zu weit. „Wenn du mich loswerden willst, kannst du das auch gleich sagen!", brülle ich zurück.

„Jetzt werde doch nicht so melodramatisch Stella", antwortet sie mir. „Das tut dir nicht gut. Beruhige dich, damit wir in Ruhe reden können. Solange du so aggressiv bist, rede ich nicht mit dir."

„Ich bin aggressiv? Ich bin aggressiv!?", schreie ich. Das ist ja der Gipfel! Sie mault mich wegen irgendeinem dummen Zettel an, den es nicht gibt, und jetzt meint sie, ich wäre ihr gegenüber aggressiv.

„Die Einzige die aggressiv ist bist du! Du hast immerhin mich angemault, weil ich deinen imaginären Zettel nicht gesehen habe! Das ist doch Blödsinn", werfe ich ihr vor.

Sie seufzt und bleibt ruhig, was mich rasend macht. „Stella, merkst du nicht, dass du die Einzige bist, die hier rumschreit? Ich denke es ist uns beiden bewusst, wer hier aggressiv ist und wer nicht."

Oh Gott, nicht diese Nummer. Ich hasse es, wenn sie so tut als wäre ich noch ein kleines Kind, das sie belehren muss, aber sie tut es immer wieder.

„Na gut", sage ich trotzig, „ich werde gehen!"

Ich höre sie unten lachen. „Wo willst du denn hingehen", sagt sie amüsiert.

Dazu fällt mir nichts ein und ich gehe in mein Zimmer und schlage die Tür hinter mir zu.

Wütend setze ich mich auf mein Bett. Ich hasse es, mich mit Mum zu streiten, aber in letzter Zeit ist das andauernd so und meistens wegen irgendeiner nichtigen Kleinigkeit. Das mit dem Weggehen habe ich eben nicht ernst gemeint, doch vielleicht ist es gar keine so schlechte Idee. Ein bisschen Abstand wird uns beiden nur guttun. Außerdem sind Ferien und mein Studium wird erst im Herbst beginnen, was heißt, dass ich drei Monate Zeit zum Reisen habe.

Aber wohin nur? Mir fällt der Brief meines Vaters ein und ich bekomme eine Idee.

Ich suche nach dem Brief, den Mum irgendwo in mein Zimmer gelegt hat, und finde ihn auf dem Nachttisch. Auf dem Briefumschlag suche nach einer Adresse. Laut dieser wohnt mein Vater auf einer Insel an der oberen Ostküste, die Magnetic Island heißt. Davon habe ich noch nie gehört und ich sehe mir im Internet ein paar Bilder an. Die Insel ist sehr klein, hat aber einiges zu bieten: Strahlend blaues Wasser, weiße Sandstrände und bewaldete Hügel.

Ich frage mich, ob er mir auch seine Telefonnummer aufgeschrieben hat, dann könnte ich ihn anrufen und fragen, ob ich ihn besuchen kann. Kurzerhand reiße ich den Briefumschlag auf und überfliege den Brief auf der Suche nach einer Nummer. Ganz unten werde ich fündig.

„Tada!", sage ich triumphierend. Ich tippe die Nummer in mein Handy und mein Finger schwebt schon über der Wähltaste, da halte ich kurz inne. Wie verrückt ist das eigentlich? Mein Vater hat sich nie blicken lassen und jetzt will ich ihn einfach so anrufen und bei ihm Urlaub machen? Er wird doch denken ich bin verrückt, schließlich kennen wir uns gar nicht. Aber andererseits habe ich auch nichts zu verlieren. Ich drücke die Wähltaste und warte nervös. Wie sich seine Stimme wohl anhört? Nach einer Weile nimmt jemand ab.

„Hallo?", sagt eine tiefe Stimme.

„Ja Hallo, spreche ich mit Alexander Franklin?", frage ich unsicher und überprüfe den Namen auf dem Brief.

„Ja, der bin ich. Mit wem spreche ich denn da?"

Ich schlucke. „Mein Name ist Stella, ich bin ihre Tochter. Die Tochter von ihnen und Marissa."

Am anderen Ende der Leitung ist es kurz still.

„Wow, ich weiß gar nicht, was ich sagen soll. Mit deinem Anruf habe ich überhaupt nicht gerechnet. Ich freue mich sehr, dass du anrufst. Wie geht es dir?"

„Mir geht es gut", sage ich.

Eine Weile führen wir Smalltalk, dann lenke ich das Gespräch auf den eigentlichen Grund meines Anrufs.

„Ich habe mir im Internet die Insel angesehen, auf der du wohnst. Sie sieht wunderschön aus."

„Ja das ist sie", sagt mein Vater stolz, „du solltest mich irgendwann mal besuchen kommen. Falls du das denn willst."

Ich wähle meine Worte vorsichtig. „Genau deswegen rufe ich eigentlich an. Ich weiß, wir kennen uns nicht und du hast nie Interesse daran gezeigt, dass wir es einmal werden, aber ich würde dich gerne besuchen, und zwar diese Sommerferien. Genaugenommen würde ich diese Woche kommen. Ich muss auch nicht bei dir wohnen, es gibt ja bestimmt Hotels auf der Insel."

Mein Vater räuspert sich. „Ich muss sagen, dass überrumpelt mich jetzt doch ziemlich."

Mir wird flau. Ich bin sicher, er wird sagen, dass es nicht geht. Wieso war ich nur so dumm. War doch klar, dass das keine gute Idee ist.

„...geht!", höre ich meinen Vater sagen.

„Wie bitte?", frage ich, „könntest du das nochmal wiederholen, ich war gerade abgelenkt."

„Natürlich!", sagt er. „Also mit einem so baldigen Besuch hätte ich zwar niemals gerechnet, aber das Ganze stellt kein großes Problem da. Ich werde zwar nicht groß etwas für dich vorbereiten können, da ich in der Arbeit momentan viel zu tun habe, aber wenn dich das nicht stört, kannst du gerne kommen!"

„Wirklich!?", frage ich ungläubig und stoße innerlich einen Freudenschrei aus. Wir besprechen noch weitere Einzelheiten, dann legen wir auf.

Ich bin wie benebelt. Nie hätte ich gedacht, dass das passieren würde und schon gar nicht so einfach und entspannt. Ich lache und lasse mich auf mein Bett fallen.

Eine Weile später beginne ich mit der Suche nach einer geeigneten Route und den Reisemöglichkeiten. Die Insel ist mit der Fähre von Townsville aus zu erreichen. Von Melbourne nach Townsville sind es über 2.000 km, ich werde also länger unterwegs sein, wenn ich nicht fliege. Da ich extreme Flugangst habe, schließe ich diese Option direkt aus und suche stattdessen nach einer Busverbindung. Ich finde eine Verbindung, die von Melbourne aus über Sydney und Brisbane nach Townsville geht. Man muss zweimal umsteigen und die Fahrt dauert insgesamt 50 Stunden.

Ich überlege. Eine so lange Fahrt ist natürlich sehr anstrengend, aber die Busse fahren regelmäßig und notfalls kann ich einen Tag Pause in Sydney oder Brisbane einlegen. Es gibt einen Bus, der heute Abend um 23 Uhr losfährt und dann wieder einen in drei Tagen. Ich habe keine Lust, so lange zu warten, deshalb beschließe ich den Bus zu nehmen, der noch heute fährt und beginne mit dem Packen.

Da ich nicht weiß, wie lange ich bei meinem Vater bleiben werde, packe ich lieber etwas mehr ein. Am Ende stehe ich zwei Stunden später mit einem knallvollen Koffer da, in den ich Kleidung, zwei Bücher, Handtücher und Kosmetikkram, sowie mein Kuscheltier gequetscht habe. In meinen Rucksack kommt mein Handy, meine Kopfhörer, meine Kamera, eine Decke für den Bus und die Briefe von Tris und meinem Dad.

Jetzt fehlt mir nur noch Proviant für die Fahrt und Bargeld. Dafür fahre ich kurz in die Innenstadt. Ich kaufe Brötchen, Apfelschorle, Obst, Kekse, Salzstangen und Süßigkeiten. Bei der Bank hebe ich 200 Dollar ab. Dann mache ich mich wieder auf den Weg nach Hause.

Mittlerweile ist es Abend geworden und die Sonne geht langsam unter. Allmählich wird es Zeit, dass ich mich auf den Weg zur Busstation mache. Bis ich dort bin dauert es 40 Minuten, also sollte ich spätestens in 45 Minuten los.

Ich überlege, was ich meiner Mum sagen soll. Ich habe Angst, dass sie mich dazu überredet hierzubleiben, oder noch ein paar Tage zu warten, bevor ich losfahre, deshalb schreibe ich ihr einen Brief. Darin nenne ich ihr den Grund für meine Reise und meinen vorläufigen Zielort, aber auch, dass ich nicht weiß, wie lange ich fortbleibe. Weil sie schon schläft lege ich ihr den Brief ins Badezimmer, denn da geht sie als erstes hin, wenn sie morgens aufwacht.

Dann schleiche ich mich so leise wie möglich mit meinem Gepäck die Treppe hinunter. Als ich vor der Haustür stehe, bin ich kurz unschlüssig. Soll ich wirklich gehen? Ich bin nicht wie Tristan und stürze mich in jedes Abenteuer. Ich bin vorsichtig und nicht gerne allein unterwegs. Andererseits kann ich jetzt auch nicht mehr zurück. Außerdem will ich nicht so lange wegbleiben, denn wer weiß, ob ich mich überhaupt mit meinem Vater verstehe. Vielleicht ist die ganze Sache schneller vorbei als gedacht.

Ich gehe also nach draußen, wo mich die kühle, angenehme Abendluft erwartet. Ich drehe mich um und blicke zu meinem Fenster hoch und dann zu dem, indem meine Mum liegt und schläft. Dann gehe ich los. Ich atme tief ein und muss lächeln. Wenn Tristan mich sehen würde, er würde ausflippen.

Ich fahre mit der Bahn zum Busbahnhof und bin pünktlich da, sodass ich mir im Bus einen Platz aussuchen kann. Als alle Passagiere da sind und das Gepäck verstaut ist, geht es los. Ich hole mein Handy aus dem Rucksack und höre Musik. Mittlerweile ist es dunkel und die Straßen werden immer leerer. Irgendwann werde ich müde und versuche zu schlafen, was bei dem ständigen Holpern des Busses nicht gerade einfach ist.

Ich werde aus meinem unruhigen Schlaf gerissen, als der Bus ruckartig bremst. Verschlafen sehe ich mich um und erkenne, dass wir an einer Raststätte sind. Die Sonne geht gerade auf. Gemeinsam mit den anderen Passagieren gehe ich in die Raststätte. Ich kaufe mir einen Kaffee und gehe auf die Toilette. Danach gehe ich wieder zum Bus und die Fahrt geht weiter.

Am frühen Nachmittag erreichen wir Sydney und ich habe 10 Minuten Zeit zum Umsteigen. Als das geschafft ist und ich im nächsten Bus sitze, bin ich mehr als erleichtert. Mit der Zeit wird das Busfahren echt langweilig und lesen und Musikhören hilft auch nicht mehr. Mein Essen wird auch langsam alle, da ich aus Langeweile ständig esse. Ich werde mir in Brisbane neues kaufen müssen. Irgendwann wird es dunkel und ich versuche zu schlafen. Das funktioniert mäßig, aber schon besser als in der ersten Nacht.

Wir erreichen Brisbane am nächsten Mittag und ich habe eine Stunde Zeit, bis der nächste Bus abfährt. Darüber bin ich froh, denn so kann ich mir in aller Ruhe neuen Proviant kaufen und frische Luft schnappen, was nach dem stickigen Bus echt guttut.

Schließlich ist es Zeit und ich mache mich auf die Suche nach dem nächsten Bus. Und bekomme prompt Panik. Der Busbahnhof von Brisbane ist riesig und ich weiß nicht, wie ich mich zurechtfinden soll. Irgendwann finde ich meinen Bus und habe echt Glück, denn sie wollen gerade abfahren.

Ich höre erst ein bisschen Musik und dann esse ich etwas, weil es mittlerweile Abend geworden ist. Als ich mein Essen wieder im Rucksack verstaue fällt mir der Brief meines Vaters in die Hände. Ich halte ihn in der Hand und überlege. Soll ich ihn lesen? Ich habe jetzt Zeit…Nach kurzem Zögern entschließe ich mich dafür.

Mit zittrigen Händen öffne ich den Brief. Nervös fange ich an zu lesen…

Liebe Stella,

Ich weiß nicht so recht, wie ich diesen Brief schreiben soll. Ich sitze gerade in einem Café in Melbourne. Ich habe mich mit deiner Mutter getroffen, um ein Treffen für uns beide zu arrangieren, doch sie wollte es nicht. Ich kann sie auch verstehen. Du bist erst sieben Jahre alt und sie möchte dich um jeden Preis beschützen. Sie hat Angst, dass du es nicht verkraftest, falls ich wieder gehe.

Deshalb schreibe ich dir diesen Brief. Ich werde deine Mutter bitten, ihn dir zu geben, wenn du deinen Schulabschluss gemacht hast. Dann kannst du selbst entscheiden, ob du mich irgendwann einmal sehen möchtest.

Du bist bestimmt sauer auf mich. Sauer, weil ich dich nie besucht habe und sauer, weil ich dich und deine Mutter im Stich gelassen habe. Es tut mir sehr leid Stella, das kannst du mir glauben. Ich weiß, dass meine Entschuldigung nie ausreichen wird für das, was ich verpasse, aber ich hoffe, dass du mir irgendwann verzeihen kannst.

Ich muss gerade an deine Schulaufführung im letzten Jahr denken. Ich war dort und habe dich gesehen, wie du den kleinen Tiger gespielt hast. Du warst unglaublich süß dabei. Du hast mich nicht gesehen, weil deine Mutter mich bat, nicht mit dir in Kontakt zu treten, aber ich war da.

Das Ganze ist jedoch nur nebensächlich und nicht der eigentliche Grund, aus dem ich dir diesen Brief schreibe.

Da ich in deinem Leben nicht als Vaterfigur präsent bin und deine Mutter deine Erziehung übernimmt und ich nicht weiß, wann, oder ob wir uns überhaupt einmal sehen werden, möchte ich dir auf diesem Wege etwas für dein Leben mitgeben. Es ist eine kleine Geschichte, die mir viel bedeutet.

Es war einmal ein Mann, der bekam zu seinem 6. Geburtstag ein großes, leeres Glas geschenkt. Er war enttäuscht, denn er hatte sich ein Fahrrad gewünscht und wusste nicht, was er damit anfangen sollte. Bis ihm eines Tages eine Münze hineinfiel. Von dem Tag an legte er so oft er konnte eine Münze dazu.

An seinem 20. Geburtstag war das Glas endlich voll und er beschloss, damit zur Bank zu gehen und sich von dem Geld das Fahrrad zu kaufen, welches er sich schon lange wünschte. Auf dem Weg zur Bank hielt er das Glas voller Stolz in seinen Händen. Nach so langem, geduldigen sammeln hatte er nun endlich etwas von seinem nutzlosen Geburtstagsgeschenk.

Als er über eine Brücke ging hob er das Glas hoch in die Luft, sodass sich die Sonne darin spiegelte. In dem Moment fuhr ein kleiner Junge auf seinem Fahrrad an ihm vorbei. Er fuhr zu schnell und verlor die Kontrolle über das Fahrrad, was zur Folge hatte, dass die beiden zusammenstießen.

Dabei rutschte dem Mann sein Glas aus der Hand und es fiel über das Geländer der Brücke ins Wasser. Geschockt sah er nach unten. Binnen weniger Sekunden war sein Traum zunichte geworden.

Traurig ging er zurück nach Hause und setzte sich auf sein Bett. Was sollte er nun tun? Geld für sein Fahrrad hatte er nicht mehr und das Glas war auch fort. Eine Weile blieb er nur in seinem Zimmer und tat nichts mehr, doch dann bekam er eine Idee.

Er ging zu einem Schrottplatz und begann, Teile für ein Fahrrad zu sammeln. Ein halbes Jahr später hatte er alle Teile zusammen und konnte sich sein eigenes Fahrrad bauen.

Es war kein besonderes Fahrrad, auch nicht wirklich gut, aber es erfüllte seinen Zweck und der Mann war so glücklich wie noch nie zuvor in seinem Leben.

Was ich dir mit dieser Geschichte sagen möchte ist, dass es im Leben nicht immer so läuft, wie wir es geplant haben. Manchmal passiert es, dass alles, was wir uns mühsam aufgebaut haben, binnen weniger Sekunden in einen Scherbenhaufen zerfällt. Es fühlt sich an, als gehe das Leben nicht mehr weiter und wir sind am Boden zerstört, möchten am liebsten nie wieder aufstehen.

Das wäre der einfache Weg. Einfach liegen bleiben und sich nicht mit dem Problem auseinandersetzen. Aus Angst, erneut zu fallen.

Oder man entscheidet sich dazu, aufzustehen und weiter zu machen, auch wenn es schwer ist und die Gefahr besteht, dass man am Ende wieder am Boden liegt. Es braucht viel Geduld und harte Arbeit, um diesen Weg zu gehen, doch wenn wir es geschafft haben, sind wir umso reicher. Reicher an Erfahrung und reicher an Wille. Man muss natürlich abschätzen, ob das Ziel den Kraftaufwand ausgleicht, aber manchmal ist es am Ende einfacher, den schweren Weg zu gehen.

Und das war die Geschichte und der Rat, den ich dir geben möchte. Auch wenn alles verloren scheint: Gebe niemals auf, sondern glaube an deine Träume und trete für sie ein!

Ich wünsche dir das Beste! In Liebe,
Dad

Ich halte den Brief in meinen Händen. Tränen laufen mir die Wangen hinunter. Ich kann meine Gefühle nicht in Worte fassen. Es ist eine Mischung aus Trauer, Freude und Schmerz, die mich überrollt. Ich lese den Brief erneut, dann packe ich ihn wieder in meinen Rucksack. Mittlerweile ist es dunkel geworden. Ich denke noch lange über die Geschichte nach, die mein Vater mir aufgeschrieben hat.

Am nächsten Morgen machen wir wieder eine kleine Pause. Mein ganzer Körper tut weh und ich bin schlapp vom ganzen Sitzen, deshalb jogge ich ein wenig auf dem Rastplatz hin und her und trinke dann einen Kaffee. Erfrischt steige ich wieder in den Bus und vertreibe mir die Zeit mit Lesen.

Irgendwann sehe ich auf und betrachte die Landschaft. Echt schön hier und so ruhig. Moment mal, wir fahren ja gar nicht mehr. Verwundert sehe ich mich um. Einige der Passagiere sind ausgestiegen und stehen hinter dem Bus in einer Traube. Ich geselle mich zu ihnen, um zu hören, was los ist. Ich frage einen Jungen in meinem Alter, der direkt neben mir steht: „Entschuldigung, weißt du, was hier los ist?"

Er sieht mich an und antwortet: „Ein Reifen ist geplatzt und sie haben keinen Ersatz. Die Leute beschweren sich jetzt, dass sie nicht rechtzeitig in Townsville ankommen."

Ich verdrehe die Augen. Na großartig. „Und wie lange wird das wohl dauern?"

Er zuckt die Schultern. „Sie sagen, in zwei Stunden wird ein anderer Bus kommen, der uns einen Reifen gibt. Ich denke, vor 20 Uhr sind wir nicht dort."

„Verdammt", sage ich und drehe mich genervt um.

„Was ist?", fragt er und geht mir nach.

„Ich muss von Townsville aus noch weiter. Ich muss eine Fähre bekommen!"

Verwundert sieht er mich an. „Du willst nach Magnetic Island?"

„Ja", antworte ich, „ist das so komisch?"

„Nein keinesfalls." Er schüttelt den Kopf. „Es ist nur so, ich wohne da und muss auch dort hin. Wir können versuchen, zusammen rechtzeitig nach Townsville zu kommen." Er seufzt. „Ich würde ungerne dort bis morgen auf die nächste Fähre warten."

„Klar, gerne", sage ich, „aber wie willst du das anstellen?"

„Wenn wir es schaffen, bis nach Ayr zu trampen, dann weiß ich, wie wir nach Townsville kommen", antwortet er mir.

Ich lache. „Siehst du hier irgendwo ein Auto, das uns mitnehmen kann? Nein? Ich auch nicht."

„Früher oder später wird schon eins kommen. Wir können ja schon mal loslaufen." Er dreht sich um und geht zum Bus.

„Was machst du?", rufe ich ihm hinterher.

„Mein Gepäck holen", antwortet er. „Solltest du auch."

Ich gehe ebenfalls zum Bus und hole mein Gepäck. Der Busfahrer versucht, uns zum Warten zu überreden, aber wir lehnen dankend ab und gehen los. Es muss lustig aussehen, wie wir mit unseren Rollkoffern die Straße entlanglaufen.

„Wie heißt du eigentlich?", fragt er mich irgendwann.

„Stella", antworte ich, „und du?"

„Troy", sagt er. Neugierig sieht er mich an. „Aber jetzt mal ehrlich, warum willst du auf die Insel?"

Ich sehe ihn an. Er ist in meinem Alter und ziemlich hübsch. Blondes, verwuscheltes Haar, braune Augen und ein charmantes Lächeln. Jedes Mädchen würde dahinschmelzen, wenn er sie so anlächeln würde, aber mich lässt das irgendwie kalt. Nicht, dass er nicht attraktiv ist, aber er ist nicht mein Typ.

„Ich gehe meinen Vater besuchen", sage ich.

„Wer ist denn dein Vater?", fragt Troy, „vielleicht kenne ich ihn ja."

„Sein Name ist Alexander Franklin", antworte ich ihm.

Er sieht mich überrascht an. „Alexander Franklin? Ist ja irre!"

„Du kennst ihn?", frage ich aufgeregt.

„Ja", sagt Troy und nickt, „aber, dass er eine Tochter hat ist mir neu."

„Ich habe ihn auch noch nie gesehen", sage ich leise. „Wie ist er so?", frage ich ihn neugierig.

Er druckst herum. „Ich kenne ihn nicht so gut, aber er ist immer sehr nett, wenn wir uns begegnen. Er ist ein bisschen kauzig, aber liebenswürdig. Wahrscheinlich kommt das, weil er allein mit seinem Gärtner lebt und keine Frau und Kinder hat-zumindest dachte ich das."

Ich muss lächeln. Um das Thema zu wechseln frage ich Troy: „Warum bist du eigentlich in dem Bus gefahren? Du hast gesagt, dass du auf Magnetic Island wohnst, also was hast du gemacht, wenn ich fragen darf?"

Er sagt: „Ich war in Brisbane und habe meine Schwester besucht. Sie studiert seit einem halben Jahr dort und ich habe sie vermisst." Er macht eine kurze Pause. „Meine Schwester und ich hatten schon immer eine sehr enge Beziehung und ich möchte nicht, dass sich das jetzt ändert. Deshalb war ich dort."

Ich schlucke. „Ich habe keine Geschwister, aber dafür einen besten Freund. Ich kann mir gut vorstellen, was du meinst."

Eine Weile gehen wir schweigend nebeneinander, bis wir hinter uns ein Auto hören. Wir winken dem Fahrer wild zu, damit er anhält. Wir erklären ihm unsere Situation und er stimmt zu, uns bis Ayr mitzunehmen.

In Ayr führt Troy mich zu einem kleinen Bauernhof am Rande der Stadt.

„Was machen wir hier?", frage ich ihn.

„Hier wohnt jemand, für den ich mal gearbeitet habe", sagt Troy. „Wenn uns jemand helfen kann, dann er."

In dem Moment kommt ein älterer Herr auf uns zu.

„Troy mein Junge", sagt er, „wie schön, dass du mal wieder vorbeischaust! Hat dein Vater dich geschickt?"

Troy umarmt den Mann und schüttelt den Kopf. „Nein. Ich habe Lilia in Brisbane besucht und mein Bus hatte einen platten. Da habe ich Stella kennengelernt, die auch nach Magnetic Island muss und wir haben beschlossen, nach Townsville zu trampen."

Erst jetzt scheint mich der alte Mann zu bemerken. Schüchtern lächle ich ihn an. Er lächelt zurück und sieht Troy tadelnd an.

„Wann hattest du denn vor, uns einander vorzustellen? Du weißt doch, wie schlecht meine Augen sind."

Er kommt auf mich zu und sagt: „Tut mir leid, dass ich dich übersehen habe, Stella. Ich bin August, wie der Monat."

„Schön sie kennenzulernen!", sage ich und reiche ihm die Hand.

Während er sie schüttelt sagt August: „Sag doch bitte DU, mein Kind." Dann wendet er sich zu Troy. „Wenn ihr nach Townsville wollt, warum seid ihr dann hier?"

„Nun ja…", druckst Troy herum, „Heute ist doch Nightmarket in Townsville und ich weiß, dass du oft dorthin gehst. Ich dachte, vielleicht könntest du uns mitnehmen, damit wir es rechtzeitig zur Fähre schaffen."

August lacht. „Ein schlauer Junge bist du Troy! Du hast recht, ich wollte tatsächlich zum Nightmarket und ich kann euch selbstverständlich mitnehmen. Ich muss nur noch meinen Trecker fertig machen. Bis dahin, kommt doch ins Haus. Daisy macht euch bestimmt gerne etwas zum Essen."

Zu mir gewandt fügt er stolz hinzu: „Daisy ist meine Frau."

Wir gehen ins Haus, wo Daisy uns freudig empfängt. Sie ist trotz ihres Alters sehr quirlig und voller Energie. August verabschiedet sich von uns und wir lassen uns von Daisy bekochen. Ihr Essen ist total lecker und als August kommt, um uns mitzunehmen, sind wir bis oben hin vollgegessen.

Wir verabschieden uns von Daisy und gehen dann nach draußen. Ich reibe mir den Bauch und gähne laut. Daraufhin muss auch Troy gähnen und wir lachen. August kommt zu uns und sagt: „Ihr scheint müde zu sein. Wenn ihr möchtet, könnt ihr euch auf den Anhänger legen und ein wenig schlafen."

An seinem kleinen Trecker ist ein Anhänger befestigt. Ohne lange zu überlegen klettere ich hinauf. Der Anhänger ist voll mit frischem Heu und ich atme den Duft tief ein.

„Jup, ich bleibe hier!", sage ich und grinse August und Troy an. Sie lachen und dann kommt Troy zu mir auf den Anhänger. Als wir losfahren beobachte ich eine Weile die Natur, aber bald schon fallen mir dabei die Augen zu und ich schlafe ein.

Irgendwann wache ich auf und sehe mich verwundert um. Kurz weiß ich nicht, wo ich bin, aber dann fällt es mir wieder ein. Ich sehe mich nach Troy um, doch ich bin alleine im Anhänger. Ich höre ein leises Rauschen und schnuppere die Luft. Es riecht ein wenig salzig. Sind wir etwa schon am Meer? Mich ergreift eine Welle der Freude und ich springe auf. Dabei habe ich so viel Schwung, dass ich beinahe vom Anhänger falle.

„Pass auf!", sagt eine Stimme. Ich drehe mich in die Richtung, aus der die Stimme kommt und sehe Troy.

„Hey", sage ich, „sind wir da?" Er nickt und reicht mir eine Flasche Wasser. „Hier, falls du Durst hast."

Ich lächle ihn an. „Danke."

Ich trinke mein Wasser und als ich es ausgetrunken habe, kommt August wieder zu uns.

„Ah du bist wach!", sagt er zu mir, „Troy hat mir beim Aufbauen meines Stands geholfen und dich wollten wir nicht wecken. Jetzt solltet ihr schleunigst los, euer Schiff legt in fünf Minuten ab!"

„Oh Gott! So spät schon?", sagt Troy und sucht hektisch seine Sachen zusammen. Ich tue es ihm gleich und wende mich dann an August.

„Vielen Dank, dass sie uns mitgenommen haben. Nur wegen ihnen haben wir es rechtzeitig hierhergeschafft!"

Ich gehe zu ihm und umarme ihn. Er tätschelt mir mit seiner Hand auf den Rücken.

„Das hab` ich doch gerne gemacht. Aber ihr solltet jetzt wirklich los, sonst verpasst ihr doch noch eure Fähre!"

Ich seufze und sage. „Das stimmt."

Während Troy sich von ihm verabschiedet, hieve ich meinen Koffer aus dem Anhänger.

„Auf Wiedersehen Stella", sagt August nun zu mir, „Ich hoffe, du findest wonach du suchst!"

Verwundert sehe ich ihn an. Was meint er damit? Eine Weile stehe ich nur stumm da. Irgendwann erwache ich aus meiner Starre.

„Auf Wiedersehen", sage nun auch ich und sehe ihm zu, wie er davonläuft.

„Stella!", ruft Troy da, „kommst du? Wir müssen los, das Schiff wartet nicht auf uns."

„Ja ich komme", sage ich und renne ihm hinterher, in Richtung des Schiffes. Troy hilft mir beim Tragen meines Gepäcks und als wir an der Reling des Schiffes stehen und ich vor mir das weite Meer sehe, wird mir klar: Ab jetzt gibt es kein Zurück mehr!

Troy und ich setzen uns nahe der Reling, mit einem guten Blick aufs Wasser und als das Schiff losfährt, überkommt mich eine Welle der Vorfreude. Ich mag zwar nicht wissen, was mich bei meinem Vater erwartet, aber ich kann später sagen, dass ich weiß, wer mein Vater ist. Ich schiele zu Troy herüber, der neben mir eingenickt ist. Und vielleicht werde ich auch neue Freunde finden.

Bei diesem Gedanken muss ich an Tristan denken. Was er wohl gerade macht? Ob er schon herausgefunden hat, dass ich fort bin? Kurz habe ich ein schlechtes Gewissen, weil ich ihm nichts erzählt habe, aber sonst hätte er mich nur aufgehalten und mein Plan wäre aufgeflogen.

Während ich die kühle Seeluft einatme und meinen Gedanken nachgehe, werde ich schon wieder müde. Das leichte Schaukeln des Schiffes und das Geräusch der brechenden Wellen am Bug haben eine beruhigende Wirkung auf mich und schon bald döse ich vor mich hin. Richtig schlafen kann ich nicht, aber mein Körper fühlt sich an, als wäre er in Watte gehüllt. Leise höre ich um mich herum die Stimmen der Menschen, die sich unterhalten.

Irgendwann, als ich fast weg bin und beinahe schlafe, reißt mich ein lauter, durchdringender Ton aus meinen Träumen. Ich schrecke hoch. Ist etwas passiert? Neben mir reckt sich Troy und sagt: „Komm, steh auf, wir sind da."

„Was war das für ein Geräusch?" frage ich ihn.

„Was für ein Geräusch?", sagt er und sieht mich verwundert an.

„Na, das Laute da eben, von dem wir aufgewacht sind."

„Ach soo", sagt er, „das war das Schiffshorn. Sie blasen es immer, wenn wir in den Hafen einlaufen, damit alle wissen, dass wir angekommen sind."

Wir gehen vom Schiff hinunter den Kai entlang. Ich sehe mich um. Es ist wunderschön hier. Alte Häuser, enge Gässchen, weißer Strand, türkise See. Troy und ich stehen auf einem gepflasterten Platz, in dessen Mitte ein Springbrunnen steht. Rundherum sind bunte Blumen. Es ist wie im Traum.

„Wow!", sage ich, „es ist wunderschön hier."

„Ja das ist es", antwortet Troy, „die Menschen hier sind sehr stolz auf die Schönheit der Insel."

Ich sehe mich noch eine Weile um, dann frage ich ihn etwas. „Du Troy, wie komme ich denn jetzt zu meinem Vater?"

„Ich bringe dich hin", sagt dieser.

„Du musst das nicht machen", antworte ich verlegen, „du hast mir schon so viel geholfen, ich werde den Weg schon finden."

Er lächelt. „Ich helfe dir gerne und jetzt komm, wir müssen ein Taxi kriegen."

„Ist es wohl weit?", frage ich neugierig.

„Nee, aber du willst doch deinen schweren Koffer sicher nicht weitere 3km tragen, oder?" Er lächelt.

Ich lächele zurück: „Also, wo geht es zum Taxi?"

Troy sagt: „Es steht genau vor dir."

Ich sehe mich um, kann jedoch weit und breit kein Taxi erkennen. Ich sehe ihn kritisch an. „Ich sehe hier aber kein Taxi."

Er führt mich um eine Straßenecke und wir stehen vor einem alten, klapprigen, blauen Auto.

„Tada", sagt er.

„Das ist ein Witz!", antworte ich ihm.

„Nein, keinesfalls", sagt Troy, „ich bin dein Taxi und das ist mein Auto. Los pack deinen Rucksack in den Kofferraum und steig ein."

Ich zucke mit den Schultern und tue was er gesagt hat. Beim Einsteigen quietscht das Auto fürchterlich und beim Start habe ich kurz Angst, dass es auseinanderfällt. Troy lacht nur. Bald habe ich meine Angst wegen dem Auto vergessen, denn die Landschaft um mich herum zieht mich in ihren Bann. Wir fahren auf einer schmalen Straße durch eine bunte Hügellandschaft mit Schafen, Kühen und Pferden. Ab und zu kommt man an einzelnen Häusern vorbei, wo Menschen auf ihren Terrassen sitzen, oder Kinder im Garten spielen. Auf der linken Seite sieht man das Meer und die langsam untergehende Sonne.

Irgendwann biegt Troy links ab auf einen kleinen Feldweg. Der Weg schlängelt sich nach links und rechts und mit jeder Kurve werde ich nervöser. Troy scheint meine Nervosität zu bemerken und sagt: „Hab keine Angst. Er wird sich freuen, dich zu sehen."

„Tzz", antworte ich nur. Da biegen wir um eine weitere Kurve und vor uns tut sich plötzlich eine kleine Allee mit Trauerweiden auf und dahinter steht ein altes, wunderschönes, weißes Haus.

„Hier ist es echt schön", sage ich zu Troy.

Er druckst herum: „Ja das ist es. Ich war noch nie hier."

In dem Moment fahren wir auf die Einfahrt und Troy hält den Wagen an. Bevor ich aussteige atme ich einmal tief durch. Wow, ich mache es wirklich, ich lerne meinen Vater kennen. Ich sammle mich kurz, bevor ich nach draußen zu Troy gehe, der schon mit meinem Koffer auf mich wartet.

„Wollen wir?", fragt er mich.

„Ja", sage ich, „schnell, bevor ich es mir anders überlege."

Wir gehen gemeinsam die Stufen zur Tür hinauf und Troy gibt mir mit einem Zeichen zu verstehen, dass ich klingeln soll.

„Ist ja dein Dad", sag er, „und ein besonderer Moment irgendwie."

Ich hebe meine Hand zur Klingel. Ich atme noch einmal tief, dann drücke ich. Ich höre das Geräusch der Klingel im Inneren des Hauses. Erst einmal tut sich nichts, was zur Folge hat, dass ich immer zappeliger und nervöser werde.

„Was, wenn keiner da ist", sage ich mit gequältem Blick zu Troy.

„Probier es einfach nochmal", antwortet er, „vielleicht hat er es einfach nicht gehört oder denkt, es ist nur ein Streich. Ich glaube, er bekommt nicht oft Besuch um diese Uhrzeit."

Ich klingele ein zweites Mal und erst tut sich wieder nichts, doch dann hört man leise Schritte. Ich sehe Troy an und will etwas sagen, von wegen, dass er recht hat oder so, doch in diesem Moment öffnet sich die Tür und ein Mann tritt hervor.

Ich sehe ihn nur an und kann nichts sagen. Mein Mund ist wie zugeklebt, die Situation überwältigt mich. Ich sehe ihn genauer an und erkenne Gesichtszüge von mir selbst. Meine Wangenkochen, die Augenbrauen und Lippen. Auch die Haarfarbe ist gleich.

Er sieht mich auch an, erst etwas verwirrt, als wüsste er nicht recht, wer ich bin, doch nach einer Weile breitet sich ein freundliches Lächeln auf seinem Gesicht aus und er hält die Arme offen zu einer Umarmung.

„Hallo Stella", sagt er.

Kapitel 3

Ich löse mich aus meiner Erstarrung und laufe ihm in die Arme.

„Hallo", flüstere ich, denn meiner Stimme traue ich noch nicht wieder ganz.

Mein Vater tätschelt mir vorsichtig die Schulter und löst sich aus der Umarmung, um mich wieder ansehen zu können.

„Ich bin so glücklich, dass du hier bist Stella", sagt er und lächelt so herzlich, dass mir das Wasser in die Augen läuft. „Ich war mir die ganze Zeit unsicher, ob du den Vorschlag mit deinem Besuch ernst meinst, da ich mich all die Jahre nicht gerade vorbildlich verhalten habe und ich es dir nicht verübeln könnte, wärst du doch nicht gekommen. Aber jetzt freue ich mich umso mehr!"

„Ich freue mich auch, dich kennenzulernen", sage ich und lächle ihn an, während ich versuche, meine Tränen wegzublinzeln. Kurz tritt Stille ein, dann sieht mein Vater zur Seite und entdeckt Troy. Er runzelt leicht die Stirn.

„Troy! Was machst du denn hier?", fragt er.

„Ich äh", stottert Troy und sieht mich hilfesuchend an.

„Er hat mir mit dem Weg und meinem Gepäck geholfen", sage ich und lenke damit die Aufmerksamkeit meines Vaters wieder auf mich.

„Oh ach so, das ist sehr nett von dir!" Er sieht sich um und sagt: „Was stehen wir hier eigentlich noch rum? Kommt doch rein!" Mit dem Arm weist er den Weg ins Innere des Hauses.

Troy und ich folgen ihm nach drinnen. Dort sieht es genauso schön und gemütlich wie draußen. Ich sehe meinen Vater von hinten an. Es ist so komisch, plötzlich bei ihm zu sein. Ich kann es kaum glauben. Er führt uns ins Wohnzimmer und bittet uns Platz zu nehmen.

„Kann ich euch etwas zum Trinken anbieten?", fragt er uns.

„Nein danke", sagt Troy und auch ich lehne dankend ab.

„Es ist wunderschön hier", sage ich zu meinem Vater, um das Schweigen zu überbrücken, welches sich langsam ausbreitet. Er lächelt.

„Deine Mum hat es auch geliebt. Seitdem sie hier war hat sich nicht viel verändert. Hat sie dir von unserer Zeit zusammen erzählt?"

„Nein kein Wort", sage ich. „Aus ihr war nie etwas herauszukriegen. Ich konnte sie löchern, solange ich wollte."

„Oh", sagt mein Vater und wirkt enttäuscht über meine Antwort, „wenn du Fragen hast, frag mich gerne. Ich erzähle dir so viel wie du wissen möchtest. Aber mal eine ganz andere Sache. Wie kommt es, dass du dich entschlossen hast, mich zu besuchen? Und vor allem, wieso so spontan?"

„Ich, also", fange ich an. „Ich habe schon länger überlegt, mit dir Kontakt aufzunehmen, aber ich hatte vor deinem Brief nie einen Anhaltspunkt. Mum und ich verstehen uns momentan nicht so gut und ich hatte das Gefühl, einfach mal aus allem raus zu müssen und Abstand von ihr zu haben und dann ist mir dein Brief eingefallen und ich habe dich angerufen..."

Ich mache eine kurze Pause, dann fahre ich fort.

„Ich habe außerdem gerade die Schule beendet und wollte vor der Uni nochmal reisen. Naja, den Rest kennst du ja."

Mein Vater hört mir die ganze Zeit aufmerksam zu und Troy sitzt ebenfalls still neben mir.

Mein Dad fragt: „Wie lange hast du denn eigentlich vor zu bleiben, falls du das schon genau weißt?"

Ich überlege kurz, dann sage ich vorsichtig: „Naja, ich habe mir darüber ehrlich gesagt bis jetzt kaum Gedanken gemacht, aber ich würde gerne für ein paar Tage oder Wochen hierbleiben. Ich kann auch arbeiten gehen und mir meinen Unterhalt verdienen, falls Geld ein Problem sein sollte, ich werde schon was finden! Und im schlimmsten Fall suche ich mir ein Hotel."

Nervös sehe ich meinen Vater an. Er sieht ernst zurück und sagt: „Natürlich kannst du hier wohnen und bleiben, solange du willst, es gibt Platz genug und arbeiten musst du nicht, du gehörst ja zur Familie." Er lächelt. „Wenn du möchtest werde ich dich natürlich nicht davon abhalten, aber es ist nicht notwendig. Viel wichtiger ist mir jetzt, weiß deine Mutter, dass du hier bist?"

„Ja", antworte ich, „ich habe ihr einen Brief geschrieben."

„Gut, dann bin ich beruhigt. Also, was jetzt? Ich denke, das Wichtigste haben wir fürs Erste geklärt. Du bist bestimmt müde von der langen Reise, soll ich dir dein Zimmer zeigen?"

„Ähm, ich geh dann mal. Ich denke ich bin hier jetzt ein bisschen fehl am Platz", sagt Troy und sieht verlegen auf den Boden. Zu mir gewandt fügt er hinzu: „Hier meine Nummer, ruf mich an, falls was ist. Wir kennen uns zwar erst seit heute, aber melde` dich ruhig."

Er gibt mir einen Zettel mit einer Telefonnummer drauf und dann lächelt er mich wieder schief an. „Außerdem hast du hier gar keine Freunde außer mich. Wenn du also am öffentlichen Leben teilnehmen und nicht versauern möchtest, ruf mich an."

Ich muss lachen und sage: „Danke Troy, das werde ich auf jeden Fall. Gute Nacht!"

„Nacht Stella", sagt er.

Als er gegangen ist fragt mich mein Vater: „Und ihr kennt euch wirklich erst seit heute? Es wirkt so, als würdet ihr euch schon ewig kennen."

Ich muss erneut lächeln. „Ich weiß auch nicht, irgendwie haben wir uns sofort richtig gut verstanden. Die Chemie scheint einfach zu stimmen."

„Ja das sieht man. Netter junger Mann. Na komm, dann zeig ich dir mal dein Zimmer. Es ist nichts Besonderes und ich habe auch noch nicht so viel vorbereiten können, da ich nicht mit einem so baldigen Besuch gerechnet habe. Ich hoffe, es ist in Ordnung für dich, so wie es ist."

Mein Zimmer ist wunderschön. Es ist voller Pflanzen, hat weiße Möbel, ein riesiges Fenster mit Blick auf das Meer, eine Sofaecke, eine Schaukel, ein riesiges Bücherregal und ein traumhaftes weißes Himmelbett.

Ich fühle mich sofort wie zuhause. Alles ist so schön hergerichtet und der altmodische Stil, in dem das Haus gebaut und eingerichtet ist, gibt dem Ganzen etwas mystisches.

Mein Vater bringt mir noch eine Zahnbürste vorbei, weil ich meine vergessen habe und dann lässt er mich in Ruhe. Ich bin froh darüber. Er wirkt zwar total nett, aber es ist doch etwas komisch, plötzlich bei seinem Vater zu wohnen, den man noch nie im Leben gesehen hat. Das muss sich erstmal alles fügen, wir kennen uns ja noch überhaupt nicht. Ich setze mich an das Fenster und beobachte das Meer und die untergehende Sonne. Das hat eine unglaublich beruhigende Wirkung auf mich und ich versinke in meiner Betrachtung.

Als es dunkel ist, spüre ich die lange Reise in den Knochen und beschließe, schlafen zu gehen. Ich stehe auf, lege mich ins Bett und versinke fast darin, so weich ist es. Meinen Rucksack werde ich morgen auspacken.

Kurz darauf bin ich eingeschlafen und höre nicht mehr, wie mein Vater den Kopf durch die Tür steckt, um nach mir zu sehen und schnell wieder geht, als er sieht, dass ich bereits schlafe.

Am nächsten Morgen wache ich durch einen Knall und ein lautes Fluchen auf, das von unten zu mir hochdringt. Schnell ziehe ich mir etwas über und gehe nach unten, um zu sehen, was passiert ist. In der Küche treffe ich auf meinen Vater, der vor dem Herd steht und versucht, Spiegeleier zu braten.

„Es tut mir leid", sagt er zu mir, „heute Morgen will mir nichts gelingen. Möchtest du auch etwas essen? Ich kann dir Müsli, Brötchen oder Spiegelei anbieten."

„Ich nehme ein Brötchen. Hast du Kakao?", frage ich.

„Ja ich glaube schon", sagt mein Vater, „guck mal da drüben in der Schublade, da müsste welcher sein."

Während dem Essen reden wir nicht viel. Ich bin noch müde und daher nicht sonderlich gesprächig und auch mein Vater scheint kein Morgenmensch zu sein.

Irgendwann steht er auf und sagt: „Ich muss jetzt los, die Arbeit ruft. Nimm dir was du brauchst und schau dich ruhig überall um. Ab 13 Uhr bin ich wieder da und heute Nachmittag arbeite ich von zuhause aus. Und wenn du etwas mit deinem Freund Troy unternimmst, schreib mir doch bitte eine Nachricht, wo ihr hingeht. Meine Telefonnummer hängt am Kühlschrank. Bis später!"

„Tschüss, viel Spaß bei der Arbeit", sage ich mit vollem Mund.

Mein Vater winkt mir noch einmal zu, als er zum Auto geht und dann ist er weg. Ich höre die Reifen seines Autos im Kies als er losfährt, dann ist es still. Ich esse zu Ende und räume mein Geschirr in die Spülmaschine. Dann gehe ich nach oben in mein Zimmer, mache mir Musik über mein Handy an und beginne damit, meinen Rucksack auszupacken. Als ich damit fertig bin, suche ich mir Klamotten für den Tag raus. Es ist nicht kalt, aber auch nicht besonders warm für den Sommer, deshalb entscheide ich mich für ein Top und eine lange, leichte Hose mit dünnem Stoff.

Danach hüpfe ich kurz unter die Dusche und setze mich in mein Zimmer und lese. Ich lese ein Buch über die australische Pflanzenwelt und Heilkunde, welches ich im Wohnzimmerregal gefunden habe. Das Buch wird schnell langweilig und ich beschließe, das Haus und den Garten drumherum genauer unter die Lupe zu nehmen.

Während ich durch das Haus streife, muss ich an meine Mum denken. Wie es ihr wohl geht? Ob ich mich bei ihr melden sollte? Nein! Sie wird mir eh nur einen Vortrag halten und sagen, dass ich sofort wieder zurückkommen soll und was ich mir dabei nur denke. Ich seufze. Die Vorstellung, dass meine Mum auch einmal hier war, ist komisch. Ich frage mich, ob sie früher anders war und was passiert ist, dass sie so geworden ist, wie sie jetzt ist.

Vom Wohnzimmer aus gehe ich in den Garten; durch bunte Blumenbeete, vorbei an Bäumen, Sträuchern und Gemüsebeeten. Mein Vater hat einen unglaublich großen und schönen Garten. Gerade als ich mich frage, ob er sich um all das allein kümmert, stoße ich mit jemandem zusammen.

„Oh, Entschuldigung, tut mir leid, ich habe sie nicht gesehen", sage ich hastig.

„Alles gut mein Kind, das kann ja mal passieren", sagt der alte Mann, der vor mir steht. „Ich bin Charles und wer bist du?"

„Stella", sage ich, „Alexander ist mein Vater. Was machen sie hier?"

Charles sieht mich neugierig, aber freundlich an.

„Seine Tochter, soso. Hübsches Mädchen hat er da."

Ich muss lächeln, der alte ist wirklich drollig.

Er fährt fort: „Ich bin der Gärtner deines Vaters und helfe ihm, die Beete sauber zu halten. Das schafft der Arme ja bei der Menge nicht alleine."

Ich muss lächeln. An irgendwen erinnert mich der Mann. Aber an wen denn bloß? Ah, jetzt weiß ich es, an Großvater August, die beiden haben die gleiche Art, mit Menschen umzugehen.

„Kann ich ihnen bei etwas helfen?", frage ich Charles, „ich habe sonst nichts zu tun und arbeite gerne im Garten."

Sehr gerne", sagt Charles, „ich könnte etwas Hilfe gut gebrauchen. Meine Aushilfe kann zurzeit nicht und ich bin ja auch nicht mehr der Jüngste."

Er lacht und sagt mir, was ich tun soll. Den restlichen Vormittag verbringe ich damit, Charles im Garten zu helfen. Es ist sehr lustig mit ihm, weil er viele Geschichten von früher erzählt und so lebensfroh ist.

Als mein Vater irgendwann zu uns kommt, bin ich ganz überrascht darüber, wie schnell die Zeit vergangen ist.

„Hey", rufe ich ihm zu, „wie war die Arbeit?"

„Hallo Stella!", sagt er und grüßt Charles ebenfalls. „Die Arbeit war gut, etwas anstrengend und mühselig, aber alles ist gut gelaufen. Ich habe Essen gemacht, hast du Hunger?"

Wie auf Kommando knurrt mein Magen und ich muss lachen. „Und wie! Ich wasche mich nur schnell und ziehe mir etwas anderes an. Ich bin voller Schmutz."

„Ach das macht nix", sagt mein Vater, „Es reicht, wenn du dir Hände und Gesicht wäschst. Ich bin auch schmutzig. So sieht man wenigstens, was man geschafft hat."

Ich zucke mit den Schultern und lege mein Werkzeug zur Seite. Dann verabschiede ich mich von Charles, der ebenfalls Mittagspause macht und gehe meinem Vater hinterher.

Es gibt Kartoffelbrei mit Würstchen und Sauerkraut zum Essen. Durch die Gartenarbeit bin ich sehr hungrig und haue richtig rein. Während dem Essen unterhalte ich mich viel mit meinem Vater. Die Stimmung ist sehr locker, wir lachen beide viel und es fühlt sich an, als würden wir uns schon lange kennen. Bis jetzt ist das Leben mit meinem Vater sehr entspannt. Er hat seine Regeln, lässt einen aber trotzdem sein eigenes Ding machen.

Als wir fertig mit dem Essen sind helfe ich ihm noch dabei, alles sauber zu machen und gehe dann in mein Zimmer. Völlig erschöpft lasse ich mich, dreckig wie ich bin, aufs Bett fallen. Zuhause mache ich nie einen Mittagsschlaf, aber durch die Gartenarbeit und das viele Essen bin ich so müde geworden, dass ein Mittagsschlaf mir nur guttun wird. Ich wache auf, als jemand an die Tür klopft.

„Ja", antworte ich noch verschlafen.

Die Tür öffnet sich und mein Dad kommt herein. Ich sehe ihn mit trägen Augen an.

„Oh entschuldige, ich wollte dich nicht wecken", sagt er.

„Schon gut", antworte ich, „es ist eh besser, wenn ich nicht zu lange schlafe."

Erwartungsvoll sehe ich meinen Vater an. Er kratzt sich am Hals. „Ich fahre gleich ins Dorf und wenn du Lust hast, kannst du mitkommen. Ich kann dir ein bisschen was von der Insel zeigen."

„Gerne", sage ich, „gib mir zehn Minuten."

„Okay, ich warte unten auf dich", antwortet mein Vater und geht aus dem Raum.

In Windeseile renne ich zum Kleiderschrank und suche nach etwas zum Anziehen. Mittlerweile ist es draußen ganz schön warm geworden, fast schon heiß.

Ich entscheide mich für einen geblümten Rock mit Schlitz an der Seite und dazu ein kurzes weißes Top. Meine Haare fasse ich in einem hohen Zopf zusammen und binde mir dann noch ein Bandana um.

Zufrieden sehe ich in den Spiegel. Ein schlichtes, aber stylisches Outfit. Schnell schnappe ich mir noch meine lieblings Creolen und gehe dann nach unten.

Mein Vater wartet in der Küche auf mich und hat das gleiche Hemd an wie noch am Morgen. Kurz fühle ich mich ein wenig übertrieben angezogen, aber die Gedanken fege ich weg und vergrabe sie tief in meinem Gedächtnis.

„Hübsch siehst du aus Stella", sagt mein Vater, „los geht's!"

Ich folge ihm zum Auto. Es ist ein älterer Truck mit großer Ladefläche und drei Sitzen vorne. Ich setze mich neben meinen Vater und dann geht's los. Wir fahren die gleiche Strecke wie Troy und ich gestern. Heute sieht die Landschaft ganz anders aus. Die Farben sind viel kräftiger und das Meer ist wilder. Wir fahren ins Dorf und parken vor einem kleinen Supermarkt, der fast am Strand ist. Mein Vater fragt mich, ob ich mitkommen möchte, aber ich bleibe lieber draußen und genieße den Blick aufs Meer. Bei den vielen Wellen heute gibt es einige Surfer, die ihr Glück versuchen, die Wellen zu reiten.

Aus der Ferne sehe ich eine Gruppe von Jugendlichen in meinem Alter näherkommen. Na großartig, hoffentlich ignorieren sie mich einfach.

Kurz überlege ich sogar, in den Supermarkt zu gehen, doch das kommt mir dann etwas lächerlich vor. Ich lehne mich an den Truck und tue so, als würde ich das Meer beobachten. Hinter mir höre ich die Gruppe näherkommen. Sie lachen und scheinen Spaß zu haben.

Unwillkürlich mache ich mich hinter dem Truck kleiner. Da höre ich eine bekannte Stimme meinen Namen sagen.

„Stella! Was machst du denn hier?"

Ich drehe mich um, um zu sehen, wer da mit mir spricht. Es ist Troy. Er kommt zu mir herüber.

„Hey Troy", sage ich. „Ich, äh, bin mit meinem Vater einkaufen und ja..."

„Warum bist du nicht mit im Supermarkt?", fragt er.

„Ich wollte mir das Meer angucken."

Als ich das sage, kommt es mir total dumm vor und auch Troy zieht fragend eine Augenbraue nach oben. Während wir uns unterhalten kommen seine Freunde näher und sehen mich neugierig an. Troy bemerkt es und ergreift das Wort.

„Leute, das ist Stella. Sie ist die Tochter vom Franklin und hier zu Besuch."

Ein Paar sagen mir freundlich hallo, ein Mädchen kommt sogar zu mir und umarmt mich.

„Hi, ich bin Madi", sagt sie und strahlt mich an. „Freut mich dich kennen zu lernen. Kommst du mal mit zum Strand? Und gehst du gerne shoppen? Dein Style ist echt cool! Wenn du möchtest können wir gerne mal was unternehmen."

Ich muss lachen und fühle mich ein wenig überrumpelt.

Troy scheint das Gleiche zu denken und sagt: „Madi, jetzt lass sie erstmal atmen. Sie ist erst seit gestern Abend hier, ihr werdet euch schon früh genug kennenlernen."

„Ja natürlich, entschuldige", sagt Madi, strahlt dann aber gleich wieder über beide Ohren.

„Hast du ein Handy?", fragt sie mich. „Ich kann dir meine Nummer geben und dann brauchen wir mit dem Kennenlernen nicht warten, bis Troy es auf die Reihe kriegt, eine Party oder so zu organisieren."

Ich mustere sie und überlege kurz. Sie wirkt zwar etwas übertrieben fröhlich und aufgedreht, scheint aber echt nett zu sein. Wenn ich etwas länger hierbleiben sollte, werde ich eine Freundin, mit der ich etwas unternehmen kann, brauchen.

Also sage ich: „Klar, gerne! Warte, ich gebe dir meine Nummer."

Wir tauschen unsere Handynummern aus und verabschieden uns voneinander. Als die Gruppe losgehen will, kommt eines der anderen Mädchen auf mich zu. Sie ist unglaublich hübsch. Dunkle, wilde Locken, Hammerfigur, ein schönes Gesicht und einen feurigen Blick. Sie gehört zu dem Typ Mädchen, vor denen man Respekt haben sollte. Sie bleibt kurz vor mir stehen, mustert mich und sagt: „Wenn du sie ausnutzt und ihr wehtust, mach ich dich kalt."

Noch bevor ich etwas antworten kann, dreht sie sich auf dem Absatz um und läuft ihren Freunden hinterher. Verwirrt sehe ich ihr nach. Ausnutzen? Wie kommt sie darauf? Naja egal.

Kurz darauf kommt mein Vater mit einem vollen Einkaufswagen zurück und gemeinsam räumen wir alles ins

Auto. Als wir zurückfahren hält mein Vater unterwegs kurz an, um mir eine kleine Bucht zu zeigen, die besonders schön zum Baden ist.

Zu Hause angekommen helfe ich ihm bei seiner Arbeit. Er muss Holzbretter zurechtschneiden und schleifen für ein Tischlereiprojekt. Als es Abend wird, Grillen wir zusammen mit Charles im Garten. Mein Dad macht uns Cocktails, die echt lecker sind, und wir unterhalten uns über alles Mögliche. Charles und mein Vater erzählen Geschichten aus ihrem Leben oder von der Insel und fragen mich zwischendurch aus. Es ist echt lustig und ich habe das Gefühl mittlerweile sehr viel über die Insel zu wissen. Hier geht es zu, wie in einem kleinen Dorf. Jeder kennt jeden und es gibt viel Klatsch und Tratsch.

Etwa um neun Uhr abends bekomme ich eine Nachricht von Madi. Sie macht eine kleine Party am Strand mit ihrer Clique und ich bin ebenfalls eingeladen. Ich überlege. Eigentlich bin ich schon recht müde und weiß nicht, ob ich gehen soll, aber als ich meinem Vater und Charles davon erzähle, sind sie hellauf begeistert und versuchen mich mit allen Mitteln zu überreden, dort hinzugehen.

Ich finde das Ganze sehr lustig, denn andere Väter würden es vermutlich genau andersherum machen und ihre Kinder versuchen, davon abzuhalten, auf eine Party zu gehen, anstatt sie dazu zu überreden. Irgendwann gebe ich nach, unter der Bedingung, dass mein Vater mich jederzeit abholt. Als er zustimmt, gebe ich Madi Bescheid und mache mich fertig.

Ich Schminke mich leicht und suche nach einem passenden Outfit. Ich darf nichts zu luftiges anziehen, denn es ist Abend und daher recht kühl, aber es muss auch etwas sein, dass partytauglich ist. Ich entscheide mich für eine blaue Mum-Jeans, dazu ein buntes T-Shirt und einen Sweater zum Überziehen. Dann gehe ich nach unten zu meinem Vater und wir fahren los.

Als wir am Strand ankommen, wo die Party stattfindet, und mein Vater wieder gefahren ist, bin ich kurz am Zögern. In der Ferne sehe ich ein Feuer brennen und Leute Lachen.

Ich hole tief Luft und laufe los. Bei der Gruppe angekommen suche ich nach Madi. Ich kann sie nicht finden, aber stattdessen kommt Troy auf mich zu.

„Hey Stella! cool, dass du auch noch kommst."

Er deutet auf ein paar Leute hinter ihm und sagt: „Wir spielen jetzt Bier-Pong, hast du Lust mitzumachen?"

Ich sehe ich fragend an. „Bier-Pong?"

Er lacht. „Ein Trinkspiel, ist nicht schwer. Komm schon, das wird lustig!"

Ich lasse mich von ihm mitreißen und bin bald darauf von einer johlenden Menge betrunkener Jugendlicher umgeben, die mich beim Bier-Pong anfeuern. Wie es sich herausstellt, gibt es bei dem Spiel zwei Teams, die sich gegenüberstehen und jedes hat sechs Becher voll Bier, die pyramidenartig aufgestellt sind. Das Ziel ist es, mit einem Tischtennisball die Becher des anderen Teams zu treffen, die dieses dann leer trinken muss. Gewonnen hat das Team, das als erstes alle Becher des Gegners getroffen hat.

Ich bin wohl gut in dem Spiel, denn alle wollen mit mir in einem Team sein. Es macht ziemlich viel Spaß, aber mit der Zeit fange ich an, den Alkohol zu merken und beschließe, eine Pause zu machen. Ich gehe zum Feuer und stelle mich irgendwo dazu. Wieder sehe ich mich nach Madi um, doch ich kann sie immer noch nicht entdecken. Als ich mich umsehe, trifft sich mein Blick den eines fremden Jungen. Er hat dunkles Haar und trägt dunkle Klamotten, generell seine ganze Erscheinung ist ziemlich dunkel und irgendwie ein bisschen mystisch. Sein Blick bleibt auf mir hängen und er mustert mich von oben bis unten. Dann sieht er mich wieder an, lächelt und kommt auf mich zu. Ich bin fasziniert von der Show, die er abzieht; offensichtlich, um mich zu beeindrucken. Er bleibt vor mir stehen und sagt mit einer unglaublich tiefen, rauchigen Stimme:

„Hi, ich bin Adam."

„Stella", sage ich.

„Wer bist du?", fragt er mich und sieht mich mit einem undurchdringlichen Blick an, „Ich habe dich hier noch nie gesehen und so eine Schönheit wie dich, würde ich im Gedächtnis behalten."

Ich verziehe den Mund. Aha, er will also flirten und stellt sich dabei an wie ein Märchenprinz. Na, dann spiel ich mal mit.

„Vielleicht hast du mich ja schon gesehen und bist erblindet von meiner Schönheit."

Oh Gott, was ein schlechter Spruch. Das muss der Alkohol sein.

Er lacht und sagt: „Der war nicht schlecht. Aber mal ehrlich, wer bist du?"

Ich sehe ihn ebenso undurchdringlich an wie er mich. Irgendwann wird ihm der Augenkontakt unangenehm und er dreht sich weg.

Dann sage ich: „Also die Geschichte ist nicht so besonders. Ich wohne hier bei meinem Vater, den ich bis vor zwei Tagen noch gar nicht kannte, habe schon zwei Freunde gefunden und bleibe für ein paar Wochen hier."

„Wow", sagt er, „und das nennst du eine normale Geschichte? Also unser Verstand für etwas Normales ist auf jeden Fall sehr unterschiedlich."

Er rückt näher an mich heran, legt seinen Arm um meine Taille und sagt: „Vielleicht kann man sich da ja ein wenig austauschen!"

Ich will gerade etwas antworten, als ich Madis Stimme höre. Ich drehe mich um und auch sieh entdeckt mich. Sie lächelt und läuft auf mich zu.

„Stella! Wie schön, dass du da bist. Ich habe dich die ganze Zeit gesucht!" sie sieht Adam an. „Na scheint ja, als hättest du Gesellschaft gefunden."

Ich komme zu ihr und umarme sie. „Ich habe dich auch überall gesucht. Ich habe erst mit Troy Bier-Pong gespielt und dann bin hierhergekommen, um dich zu suchen. Da habe ich dann Adam kennengelernt."

Sie zieht mich zur Seite und sagt leise: „Pass bitte bei Adam auf. Es gibt Gerüchte über ihn, die sind nicht schön…"

Bevor Madi ausreden kann wird sie von irgendwem gerufen. „Los, komm mit, ich will dich nicht nochmal überall suchen."

Sie schleppt mich hinter ihr her, zurück zum Lagerfeuer. Dort findet gerade eine Runde Wahrheit oder Pflicht statt. Ich habe keine besonders guten Erfahrungen mit dem Spiel und mag es nicht, deshalb schaue ich zu und unterhalte mich mit Adam und einer Freundin von ihm, die Katie heißt und sehr nett ist.

Irgendwann sehe ich mich wieder nach Madi um, kann sie aber nirgendwo entdecken. Ich frage Adam und Katie. „Habt ihr Madi gesehen oder wisst, wo sie ist?"

Katie verneint aber Adam sagt: „Ja ich weiß wo sie ist. Sie ist mit ein paar Leuten kiffen gegangen. Soll ich dich zu ihr bringen?"

„Ja das wäre nett", sage ich und lächele ihm zu. Er lächelt zurück und steht auf. „Komm", sagt er.

Ich folge ihm. Wir gehen ein bisschen vom Strand weg in Richtung eines kleinen Waldes und entfernen uns immer weiter von den anderen. Irgendwann werde ich ein wenig misstrauisch und bin nicht mehr sicher, ob wir überhaupt auf dem richtigen Weg sind.

„Adam bist du sicher, dass wir so zu Madi kommen?", frage ich vorsichtig.

„Ja wir sind gleich da", sagt er, „sie sind gleich hinter den ersten Bäumen." Ich zucke mit den Schultern und folge ihm. Als wir bei den Bäumen ankommen, kann ich Madi jedoch nirgendwo sehen und ich höre auch keine Stimmen. Ich sehe mich um. In der Ferne sehe ich das Feuer flackern. Wir sind ganz schön weit weg von den anderen. Mir wird bewusst, dass falls jetzt etwas passiert, niemand von ihnen es mitbekommen würde.

„Adam", sage ich, „was wird das hier. Wo ist Madi?"

„Madi? keine Ahnung wo die ist", sagt er und grinst mich unverschämt an.

„Was soll das?", frage ich und weiche langsam zurück.

„Du und ich, wir werden jetzt unseren Spaß haben", sagt Adam und kommt näher. Scheiße was passiert hier. Ich dachte, sowas passiert nur im Film.

„Fass mich nicht an!", sage ich.

„Ach komm Stella", sagt er, „jetzt sei nicht so eine Spielverderberin. Ich weiß genau, dass du mich auch willst."

„Dich wollen?" Ich stoße einen ungläubigen Laut aus. „Davon träumst du wohl!"

„Nicht mehr lange", sagt Adam und ist mit einem Mal direkt vor mir. Instinktiv will ich mich umdrehen und weglaufen, doch Adam hält mich fest und drückt mich gegen einen naheliegenden Baum.

„Lass mich los!", sage ich und versuche, mich loszureißen. Er ist zu stark, ich bewege mich kein Stück.

„So nicht, meine Liebe, so nicht. Du machst es uns nur schwerer, je mehr du dich wehrst."

Ich werde panisch und winde mich in seinem Griff. Kein Entkommen! Er drückt mich mit einem Arm fester gegen den Baum und sieht mir in die Augen. Mit dem anderen fährt er langsam meinen Oberkörper entlang. Ich versuche noch einmal mich zu lösen, aber mein Versuch ist vergeblich.

Jetzt ist er mit seiner Hand bei meiner Brust angelangt, wo er sie ruhen lässt und anfängt, kleine Kreise mit seinen Fingern zu ziehen. Er stöhnt leise auf und mir kommt die Galle hoch, so ekelig und ausgenutzt fühle ich mich. Jetzt presst er seine Lippen hart und fordernd auf meinen Mund und versucht, mit seiner Zunge einzudringen.

Hilflos wie ich bin kann ich mich nicht wehren und um mich herum verschwimmt alles, ich fühle mich in Watte eingehüllt, wie in einem schlechten Film.

Dann, plötzlich, als ich die Hoffnung schon aufgegeben habe, lässt Adam mich los. „Scheiße!", sagt er und verschwindet hinter den Bäumen.

Ich sehe mich um, wie in Trance, um den Grund seines Verschwindens zu finden. Da sehe ich zwei Gestalten auf mich hinzurennen. Als sie näherkommen, kann ich sie erkennen. Es sind Madi und das Mädchen, das mich beim Supermarkt so angezickt hat. Noch nie war ich so froh, Menschen zu sehen. Ich breche zusammen und setze mich in den Sand. Madi kommt zu mir und nimmt mich in den Arm.

„Hat er dir etwas angetan?", fragt Madi.

„Ja, nein…", ich stocke, „er hat versucht mich zu küssen und ich weiß nicht, was er noch versucht hätte, wenn ihr nicht..." Weiter kann ich nicht sprechen, denn auf einmal kommt der Schock und ich fange an zu weinen.

„Wo ist er?", fragt das Mädchen mit eisigem Blick.

„Riley bist du sicher, dass das eine gute Idee ist?", fragt Madi sie. Riley! Das also ist ihr Name. Er passt zu ihr.

„Ja, es muss sein. Das Ganze muss ein Ende haben! Also, wo ist er hin?", fragt sie mich erneut.

Ich deute nur auf die Bäume. Riley geht los, um was weiß ich mit Adam zu machen und ich bleibe mit Madi am Waldrand sitzen. Ich bin wie paralysiert und zittere am ganzen Körper. Madi legt ihre Jacke um mich und flüstert mir beruhigende Wörter ins Ohr. So bleiben wir sitzen, bis Riley wiederkommt.

Sie setzt sich zu uns in den Sand und sieht mich an „Keine Sorge", sagt sie, „er wird niemandem mehr etwas zuleide tun."

„Riley, was hast du getan?", fragt Madi, „Du hast doch nicht etwa…" Sie hört auf zu sprechen und sieht Riley streng an.

„Nein Quatsch!", antwortet sie, „was denkst du von mir? Ich hatte noch ein Ass im Ärmel und das habe ich jetzt ausgespielt. Es wird fürs Erste reichen."

Beide wenden ihre Aufmerksamkeit wieder mir zu und sehen mich besorgt an. Madi sagt: „Du zitterst ja! Komm, wir bringen dich zum Feuer. Du musst dich aufwärmen."

„Ich möchte nach Hause!", sage ich und bekomme wieder Tränen in die Augen. Jetzt gerade vermisse ich meine Mutter schrecklich.

„Natürlich, wir bringen dich nach Hause!", sagt Riley sanft.

Madi druckst herum und sagt: „Ich weiß nicht, ob ich mitkommen kann. Ich werde in 10 Minuten abgeholt und meine Eltern sind sehr streng... Stella, wäre es für dich auch in Ordnung, wenn Riley dich nach Hause bringt?"

Ich ringe mir ein Lächeln ab. Es funktioniert nicht wirklich und fühlt sich mehr wie eine Grimasse an. „Ja, geh nur!"

„Okay, bis bald, schreib mir! Es tut mir so leid!", sagt sie und geht.

Als sie gegangen ist, fange ich wieder an zu weinen. Ich weiß nicht warum, aber bei Riley fühle ich mich nicht so, als müsste ich mich verstecken und habe deshalb kein Problem zu zeigen, wie ich mich fühle.

„Na komm, gehen wir", sagt diese und hilft mir auf die Beine. Als wir zu ihrem Auto gehen (Woher sie das hat weiß ich nicht, genauso wenig wie ich weiß, ob sie schon fahren darf) frage ich sie: „Warum hilfst du mir? Ich dachte, du findest mich schrecklich."

Sie atmet kaum merklich aus. „Keiner hat sowas verdient. Was Adam da abzieht ist echt das Letzte. Warum bist du überhaupt mit ihm mitgegangen? Hat Madi dich nicht vor ihm gewarnt?"

„Ich…", sage ich und meine Stimme fängt wieder an zu zittern. Bei meinem Ton wird Riley merklich sanfter.

„Entschuldige", sagt sie, „Ich wollte nicht so vorwurfsvoll klingen, du kennst hier ja schließlich keinen. Verzeih mir, ich bin sehr aufbrausend, wenn Menschen verletzt werden die…"

„Die was?", frage ich.

„Ach egal", sagt Riley und setzt wieder ihre undurchdringliche, eisige Miene auf. Wir sind jetzt bei ihrem Auto angekommen und scheinbar ist damit auch Rileys nette Seite verschwunden. Als wir losfahren fragt sie dann: „Wo wohnst du denn?"

„Bei Alexander Fleming", sage ich leise, „Er ist mein Vater."

Riley sieht mich überrascht an. „Dein Vater?"

„Mhh,", murmle ich, während mir fast die Augen zufallen. Ich habe keine Lust die Story schon wieder zu erzählen und sehe aus dem Fenster.

Irgendwann macht das Auto einen Ruck und wir halten an. Schnell sehe ich mich um. Wir sind bei meinem Vater zu

Hause. Es ist mittlerweile nach Ein Uhr, aber in der Küche brennt noch Licht.

„Oh nein", sage ich, „Mein Vater ist noch wach. Was soll ich ihm denn sagen?"

„Das lass mal meine Sorge sein", sagt Riley.

Wir gehen ins Haus und ich warte an der Treppe auf Riley, die in der Küche mit meinem Vater spricht. Was auch immer sie ihm erzählt, ich hoffe, es ist glaubwürdig.

Weniger als fünf Minuten später kommt sie gut gelaunt aus der Küche spaziert. „Und?", frage ich.

„Alles geklärt", sagt sie und lächelt mich an.

„Super," sage ich erschöpft und auch Riley unterdrückt ein Gähnen. Ich sehe sie an.

Sie sieht zurück und lächelt mich müde an.

„Wenn du möchtest, kannst du hier übernachten", sage ich. Sie sieht mich mit offenem Mund an. „Mein Vater hat bestimmt nichts dagegen, wenn eine Freundin von mir hier übernachtet."

Bei den Worten geht ein Ruck über ihr Gesicht und sie setzt wieder ihre Maske auf. „Nein danke", sagt sie ausdruckslos, „ich sollte jetzt gehen."

„O-Okay", sage ich und stehe auf und überlege, sie zu umarmen. Riley nimmt mir die Entscheidung ab, indem sie sich umdreht und zur Tür hinaus geht.

„Tschüss!", rufe ich ihr hinterher.

Keine Antwort.- Ich zucke mit den Schultern. Dann halt nicht. Ich gehe nach oben und putze mir die Zähne. Als ich im Bett liege denke ich über Riley nach. Ihr Verhalten verwirrt mich. Im einen Moment ist sie total nett zu mir und im anderen wieder total abweisend. Ich wüsste gerne warum... Während ich nach dem Grund für ihr Verhalten suche, werde ich müder und müder und schlafe schließlich ein.

Kapitel 4

Am nächsten Morgen stehe ich erst spät auf. Ich habe schlecht geschlafen und bin immer wieder von Albträumen aufgewacht, in denen Adam versucht hat, mir etwas anzutun. Ich gehe in die Küche, wo mein Vater gerade dabei ist, sein Frühstücksbesteck wegzuräumen.

„Na, geht es dir wieder besser?", fragt er mich.

Oh shit, ich weiß gar nicht, was Riley ihm für eine Geschichte erzählt hat. Hoffentlich wird das jetzt nicht peinlich.

„Ja, viel besser", antworte ich.

„Riley hat erzählt, dass dir gestern ziemlich schlecht war, weil du ein Mischgetränk getrunken hast, in dem "komisches Zeug" drin war. Merkst du davon noch etwas? Möchtest du zum Arzt gehen und überprüfen, ob alles in Ordnung ist?"

Als er so fürsorglich mit mir redet bekomme ich ein schlechtes Gewissen, weil ich ihn angelogen habe. Vielleicht sollte ich ihm einfach die Wahrheit sagen. Es war schließlich nicht mein Fehler was passiert ist und er wird mir sicher helfen.

Aber irgendwie kann ich nicht darüber sprechen, schon gar nicht mit ihm. Ich weiß, es ist falsch, aber ich schäme mich so sehr dafür, dass ich nichts sagen kann.

„Nein, mir geht es wieder gut, wirklich!", sage ich erneut und um das Thema zu wechseln füge ich hinzu: „Kann ich dir bei irgendetwas behilflich sein?"

„Ja das kannst du", sagt er. „Ich muss in einer halben Stunde los, ein paar Sachen einkaufen und dann muss ich mich mit Charles um den Garten kümmern. Du kannst gerne bei allem helfen."

Den Vormittag verbringe ich damit, meinem Vater bei seiner Arbeit zu helfen. Am Nachmittag treffe ich mich mit Madi und ihren Freunden, darunter auch Troy, am Strand.

Ich hoffe, dass Riley auch da sein wird, aber sie lässt sich den ganzen Nachmittag über nichtblicken.

Abends gehen die anderen noch zu einer kleinen Party im Dorf, aber ich habe keine Lust und sehe mir gemeinsam mit meinem Vater einen Film an. Danach unterhalten wir uns noch eine Weile und dann gehe ich nach oben, um mein Handy auf neue Nachrichten zu überprüfen. Da sind viele von meiner Mutter und Tristan, aber auch eine von Madi. Sie fragt, ob ich morgen wieder zum Strand komme. Ich antworte ihr schnell: „Ja, klar."

Ich bin am überlegen, ob ich meiner Mum und Tristan auch antworten soll…zuerst bin ich unschlüssig, entscheide mich dann aber dafür. Sie haben es nicht verdient, dass ich sie ignoriere und außerdem machen sie sich bestimmt Sorgen. Ich lese mir alles durch was sie schreiben.

Im Groben schreiben sie, dass sie mich vermissen, ob es mir gut geht, wo ich bin, wann ich wiederkomme und ähnliches.

Ich habe keine Lust, viel zu schreiben deswegen antworte ich nur:

Mir geht es gut. Ich bin bei meinem Vater. Es ist sehr schön hier, hier leben viele nette Leute.

Ich weiß noch nicht, wann ich wiederkomme, ich brauche Zeit und mir gefällt es hier. Vielleicht bleibe ich den ganzen Sommer. Womit vertreibst du dir die Zeit?

Ich habe dich lieb,

Stella.

Diese Nachricht schicke ich beiden. Danach gehe ich schlafen.

Die nächsten Tage verbringe ich damit, meinem Vater oder Charles zu helfen, am Strand zu liegen, mich mit Madi allein oder mit ihren Freunden zu treffen, auf Partys zu gehen, zu lesen und meinen Dad besser kennenzulernen. Riley sehe ich kein einziges Mal, was ich schade finde, da ich mich gerne bei ihr bedanken möchte.

Eines Abends, nachdem ich mit meinem Vater gegrillt habe und nun in meinem Zimmer bin, ruft Madi mich an.

„Hey Stella", sagt sie.

„Na, was gibt's?", frage ich.

„Ich wollte dich fragen, ob du Lust hast, gemeinsam mit mir einen Surf Kurs zu besuchen. Die anderen wollen bald surfen gehen und ich kann es noch nicht, genauso wie du, soweit ich weiß. Hättest du Lust?"

Ich hole Luft und sage skeptisch: „Ich weiß nicht Madi. Surfen ist cool, aber ich glaube das ist nichts für mich. Da sehe ich lieber zu."

Durch das Telefon höre ich sie laut schnauben: „Ausreden, alles ausreden Stella. Woher weißt du denn, dass Surfen nichts für dich ist? Hast du es wohl schon ausprobiert?"

„Nein", sage ich, „aber..."

„Ha! Na also", sagt sie triumphierend, „du kannst nicht mehr nein sagen. Der Kurs findet in zwei Tagen für die nächsten zehn Tage statt. Troy und ich holen dich übermorgen um 8:30 ab. Alles klar?"

Ich seufze. Na, das kann ja lustig werden.

„Ja alles klar. Warum kommt Troy denn mit?", frage ich neugierig.

„Er ist einer der Lehrer", kommt die prompte Antwort von ihr. Ich lache. Wir unterhalten uns noch kurz, dann legen wir auf und ich gehe ins Bett.

Bevor ich einschlafe, lasse ich meine Gedanken kreisen. Ich glaube, dass Madi in Troy verliebt ist. Sie tut zwar so als wäre da nichts, aber ich erwische sie oft dabei, wie sie ihn anstarrt und seine Nähe sucht. Bei ihm bin ich mir nicht ganz sicher. Ich glaube er mag sie, aber ich weiß nicht, ob es eher freundschaftlich ist oder mehr. Ich vermute, dass er in ihr mehr das kleine süße Mädchen sieht als die Frau, in die man sich verliebt. Wenn sie mit mir sprechen würde, würde ich ihr ja sofort helfen, aber es muss von ihr aus kommen.

Ich verstehe mich echt gut mit Madi und wir sind in der kurzen Zeit, die wir uns erst kennen, schon gute Freunde geworden, aber alles erzählt sie mir nicht. Vielleicht wird das noch mit der Zeit.

Mit Troy habe ich auch Kontakt, allerdings nicht so viel wie mit Madi. Wenn wir etwas in der Gruppe unternehmen, machen wir viel zusammen und unterhalten uns auch öfter, allerdings nie auf einer sehr tiefgründigen Ebene. Aber das macht auch nichts. Troy und ich sind einfach gute Freunde und haben viel Spaß miteinander.

Jetzt bin ich erstmal gespannt auf den Surf Kurs und auf das, worauf ich mich damit eingelassen habe. Ich hoffe es wird nicht allzu schlimm, denn ich tue es hauptsächlich Madi zuliebe. Mit diesen Gedanken schlafe ich ein.

Den nächsten Tag verbringe ich zu Hause. Ich versuche, die Blumen im Garten zu malen, aber irgendwie will es mir nicht gelingen. Innerlich bin ich schon ganz zappelig wegen dem, was mir morgen blüht.

Auch mein Vater scheint das zu bemerken und um mich abzulenken, nimmt er mich mit zu seiner Arbeit. Da ich allerdings mehr eine Belastung als Hilfe bin, fahren wir bald wieder nach Hause und kochen gemeinsam Abendessen. Dabei hören wir laut Musik und es ist wirklich lustig.

Als es dunkel wird gehen wir nach draußen und machen ein Feuer. Der Mond und die Sterne ziehen auf, es ist wunderschön. Wir unterhalten uns lange und mein Vater erzählt mir ein bisschen aus seinem Leben als Kind und Teenager und ich erzähle ihm von mir. Meine Mutter lasse ich dabei bewusst weg.

Ich werde ihn bald nach der Geschichte fragen, aber ich glaube, dass sie einiges verändern wird, vor allem, wie ich ihn und Mum sehe, und dafür bin ich noch nicht bereit.

Irgendwann werden wir müde und gehen ins Bett. Ich bin schon sehr aufgeregt auf morgen, aber trotzdem schlafe ich schnell ein.

Am nächsten Morgen klingelt mein Wecker um halb acht. Verschlafen stehe ich auf, gehe ins Bad und putze die Zähne. Als ich mein müdes Gesicht im Spiegel sehe, ziehe ich eine Grimasse und muss lachen, weil es so lustig aussieht. Dabei läuft mir Zahnpasta aus dem Mund, was dazu führt, dass ich noch mehr lachen muss und mich schließlich verschlucke.

Ungewöhnlich gut gelaunt für diese Uhrzeit gehe ich pfeifend in die Küche. Mein Vater ist noch nicht wach, daher bemühe ich mich, leise zu sein, was bei meiner guten Laune schwerer ist als gedacht. Als ich mit dem Frühstück fertig bin und nach oben gehen will, um mich fertig zu machen, kommt mein Vater mir entgegen.

„Na da hat aber jemand gute Laune", begrüßt er mich verschlafen.

„Jap, das stimmt. Ich habe dir ein Müsli gemacht. Eine Spezialanfertigung À la Stella. Steht auf dem Tisch. Ich muss mich jetzt fertig machen."

„Oh, vielen Dank Stella!"

„Kein Problem Dad!"

Ich gehe nach oben und bleibe auf der Treppenstufe stehen. Das war gerade das erste Mal, dass ich meinen Vater Dad genannt habe und es kam mir ganz leicht über die Lippen. Ich gehe weiter und ziehe mich an. Ich ziehe meinen Lieblingsbikini an und darüber ein einfaches T-Shirt und Shorts. Meine Haare binde ich in einen Pferdeschwanz und dann packe ich meine Badetasche: Sonnencreme, Sonnenbrille, Handtuch, Unterwäsche…

In dem Moment hupt es draußen. Das müssen Madi und Troy sein! Schnell schnappe ich mir meine Flip-Flops und renne nach unten. Mein Vater sitzt noch am Frühstückstisch. Ich sage ihm schnell Tschüss, er wünscht mir viel Spaß und ich gehe nach draußen.

Madi und Troy warten im Auto auf mich. Sie sitzen beide vorne, sodass ich hinten einsteigen muss.

„Hey Stella", sagt Madi, „Schön, dass du dabei bist!"

Troy lacht. „Also, dass du mitkommst hätte ich beim besten Willen nicht gedacht!"

Madi und ich lachen.

„Tja, ich auch nicht. Aber dank Madis Überredungskünsten bin ich nun hier."

„Ja, sie kann sehr überzeugend sein", sagt Troy und sieht sie an. Madi wird rot und dreht sich schnell weg.

Wie gebannt sehe ich zwischen den beiden hin und her, aber sie sagen nichts mehr. Den Rest der Fahrt ist es ruhig im Auto. Als wir am Strand ankommen, kommt meine Nervosität zurück. Troy geh vor, denn er muss alles aufschließen und vorbereiten, während Madi und ich unsere Sachen aus dem Kofferraum holen.

Ich seufze und sage: „Ich weiß nicht, ob das so eine gute Idee war Madi…"

Sie lächelt mich an und sagt: „Kopf hoch Stella, es wird toll, du wirst schon sehen."

Ich sehe sie schief an. „Ich weiß nicht, ob ich das kann. Hast du mich schonmal auf so einem Ding gesehen, geschweige denn gedacht, dass ich jemals mit dir mitkomme?"

Sie schüttelt den Kopf. „Ach Stella, ich verstehe das nicht. Du bist doch nicht hier, um alles perfekt zu können. Wir sind hier, um surfen zu lernen. Es heißt nicht umsonst Anfängerkurs."

Ich überlege. Madi hat natürlich recht, aber sie versteht einfach nicht, welche Überwindung mich das Ganze kostet. Ich war noch nie gut in Sport, in der Schule war ich immer die Schlechteste und alle haben sich über mich lustig gemacht. Außerdem habe ich einen riesigen Respekt vor den Dingern und unglaublich Angst davor, mich wieder zu blamieren. Aber was solls, sehen wir es als Ausnahme. Mein einziger Trost ist, dass die anderen es auch nicht können. Vielleicht bin ich eh so schlecht, dass sie mich gleich wieder nach Hause schicken.

Ich merke nicht wie wir weiter gehen und achte kaum auf dem Weg, bis Madi mich ruft.

„Stella, wo willst du denn hin? Hier geht's lang", sagt sie und zeigt nach links. Schnell biege ich ab und folge ihr. Wir gehen auf einem Sandweg in Richtung Strand. Es ist ein wunderschöner Tag. Die Sonne scheint, es ist warm, aber nicht zu heiß und das Meer leuchtet in einem wunderschönen Türkis-Blau. Am Strand angekommen führt Madi mich zu einer gemütlich aussehenden Strandhütte, vor der schon andere Jugendliche in unserem Alter stehen und sich Neoprenanzüge anziehen. Sie sind sicher in demselben Kurs wie wir.

Ich halte mich im Hintergrund, während Madi auf die Leute zu geht und Troy sucht. Schließlich kommt sie mit zwei Neoprenanzügen zurück und zeigt mir, wo ich mich umziehen kann.

„Ich bin nebenan, falls du Hilfe beim Anziehen brauchst oder die Größe nicht stimmt."

„Danke", sage ich und verschwinde in der Umkleidekabine. Während ich mich umziehe, kreisen meine Gedanken umher. Worauf habe ich mich hier bloß eingelassen? Alle scheinen mehr Ahnung zu haben als ich und ich fühle mich wirklich falsch am Platz. Ich seufze, gehe nach draußen und nehme mir das Bord, das Madi oder Troy für mich hingestellt haben. Egal, ich werde das durchziehen. Madi zuliebe, aber auch, weil surfen mich zugegebener Weise trotz allem irgendwie reizt. Ich sehe mich nach Madi um und finde sie inmitten einer Traube von Menschen, die ihr gespannt zuhören. Ich muss lachen, Madi hat wirklich nie Probleme, neue Freude zu finden. Sie scheint Menschen wie magisch anzuziehen und kennt überall jemanden. Im Gegensatz zu mir.

Ich lache erneut. „Oh man, das kann lustig werden."

„Was kann lustig werden?", fragt eine Stimme hinter mir. Ich drehe mich um und sehe Troy.

„Na du, schon alles vorbereitet? Ich habe nur gerade Madi beobachtet, die natürlich überhaupt keine Probleme damit hat, mit fremden Leuten zu sprechen."

Troy beobachtet sie jetzt auch. „Ja, so ist sie. Immer offen für neue Leute und nie um ein Wort verlegen."

Ich sehe ihn an und beschließe, den beiden ein wenig auf die Sprünge zu helfen.

„Außer bei dir", sage ich.

„Was?", sagt Troy und sieht mich an, „bei mir? Du machst Witze!"

Ich schüttele den Kopf: „Nein, ich meine das ganz ernst. Ich glaube, sie mag dich."

Er sieht mich zweifelnd und unsicher, aber auch hoffnungsvoll an. „Glaubst du wirklich?"

„Ja, ich bin mir ziemlich sicher. Und ich glaube, dass du sie auch magst. Also worauf wartest du? Frag sie nach einem Date!"

„Jetzt?!", fragt er und sieht mich panisch an.

Ich schüttele den Kopf. „Nein, jetzt nicht. Vielleicht mal, wenn wir wieder mit allen am Strand sind." Ich lächele ihn an. „Du wirst schon merken, wann es passt!"

Er lächelt zurück strafft die Schultern und sagt: „Danke für den Rat, Stella. Ich werde das auf jeden Fall machen! Ich geh dann mal, wir müssen langsam anfangen."

Ich will gerade sagen, dass ich mitkomme, da sehe ich Riley nicht weit von uns und sage: „Weißt du was, geh doch schon mal vor. Ich muss noch kurz was erledigen und komme gleich nach!"

Auch Troy entdeckt Riley und sagt nur, sich ein Grinsen verkneifend: „Oh, okay, klar. Lass dir Zeit!"

Schnell laufe ich Riley hinterher, bevor sie wieder weg ist.

„Hey, warte mal!", rufe ich ihr zu. Sie dreht sich um und sieht mich mit ihrem, mir schon bekannten, gleichgültigen Blick an „Was gibt's?", fragt sie.

Ich bleibe stehen. „Ich wollte mich bei dir bedanken für letztens."

Sie sieht aus, als wüsste sie nicht, wovon ich rede, aber dann scheint es ihr wieder einzufallen.

„Ach das", sagt sie und macht eine abwehrende Handbewegung. „Das war doch selbstverständlich! Außerdem hat Adam das nicht zum ersten Mal versucht und ich wollte diesem schmierigen Typen echt mal `ne Abreibung verpassen."

„Ich fand nicht, dass das selbstverständlich war", entgegne ich. „Vor allem nicht, dass du mich nach Hause gebracht und mir mit meinem Vater geholfen hast. Allerdings verstehe ich nicht, warum du so plötzlich gegangen bist und seitdem so abweisend zu mir bist…"

Riley sieht mich genervt an: „Natürlich verstehst du das nicht. Wie auch, du bist eine kleine verwöhnte Tussi. Ich will nichts mit dir zu tun haben, check es doch mal. Warum sollte ich dir sonst aus dem Weg gehen? Du nervst mich! Und dass ich dir geholfen habe, war nur aus Mitleid."

Sie geht und lässt mich stehen. Fassungslos sehe ich ihr nach. Na bitte, wenn sie es so will. Um sie werde ich mich keinen Dreck mehr scheren. Dabei wollte ich nur höflich sein. Aber jetzt reicht es mir. Ich habe keine Lust mehr, mich von ihr anschnauzen zu lassen. Dazu hat sie kein Recht.

Wütend und genervt gehe ich zu den anderen, die gerade dabei sind, sich aufzuwärmen. Madi fragt mich, ob alles okay ist, aber ich schüttele nur den Kopf, um ihr verständlich zu machen, dass sie nicht fragen soll. Nach dem Aufwärmen beginnen wir mit einfachen Übungen, um ein Gefühl für das Brett zu bekommen. Dann gehen wir ins Wasser. Wir sollen versuchen, uns mit dem Bauch aufs Brett zu legen und wenn eine Welle kommt, uns von ihr zum Strand tragen lassen. Wer sich dabei schon sicher fühlt, kann versuchen aufzustehen.

Nach ein paar Mal auf dem Bauch, versuche ich mich hinzustellen und die Wellen zu reiten. Das stellt sich schwerer heraus als gedacht und je länger es nicht funktioniert, desto verzweifelter werde ich. Neben mir schaffen die anderen es, aufzustehen und fast bis zum Strand im Stehen zu bleiben, während ich jedes Mal herunterfalle. Irgendwann ist die Stunde zu Ende und ich gehe frustriert aus dem Wasser.

Madi und Troy kommen zu mir und versuchen, mich aufzuheitern. Madi sagt: „Kopf hoch Stella, morgen wird es besser. Du wirst schon sehen."

Auch Troy meint: „Es ist normal, dass es am Anfang nicht gleich funktioniert. Madi hat recht!"

Mürrisch gehe ich zum Auto und murmle: „Jaja ihr Turteltauben, verschwört euch ruhig gegen mich."

Danach drehe ich mich um, nur um in die knallroten Gesichter der beiden zu blicken. Bei dem Anblick muss ich gleich wieder grinsen.

Die nächsten drei Tage verlaufen ähnlich. Die anderen machen Fortschritte und lernen erste Kombinationen, während ich mich immer noch abmühe, um überhaupt auf dem Brett zu stehen. Troy meint, am Ende werde ich besser als alle anderen sein, da ich die Basics perfekt beherrsche und daher ein gutes Gefühl habe. Er sagt das mit solch einer Überzeugung, dass ich lauthals Lachen muss. Ich bin schon froh, wenn ich am Ende des Kurses stehend bis zum Strand fahren kann.

Am nächsten Tag läuft es ein bisschen besser und ich merke erstmals kleine Verbesserungen. Einmal schaffe ich es sogar, fast bis zum Strand auf dem Brett stehenzubleiben. Nachdem wir Schluss haben bin ich so gut gelaunt, dass ich Troy, Madi und Lili zum Eis essen im Dorf einlade.

Lili hat wie ich Schwierigkeiten mit dem Surfen, weshalb wir meistens zusammen üben. Dabei unterhalten wir uns oft und ich verstehe mich echt gut mit ihr. Auch Madi und Troy kommen gut mit ihr klar.

Am Tag darauf ist von der guten Stimmung, die ich am Vortag noch hatte, nichts mehr zu spüren. Verzweifelt kämpfe ich mit dem Board gegen die Wellen, mit jedem Versuch wird es schlimmer und ich frustrierter. Als ich irgendwann kurz vorm Weinen bin und einen neuen Versuch unternehmen will, hält jemand mein Board fest.

„So wird das nichts!", sagt eine Stimme hinter mir. Ich drehe mich um und hinter mir ist Riley- auf einem Surfbrett- und hält sich an meinem fest.

„Was willst du?", frage ich sie unfreundlich.

„Dir helfen", antwortet sie.

Ich werde sauer. „Danke, aber ich brauche dein Mitleid nicht. Ich schaffe das auch allein. Und außerdem, was willst du hier überhaupt? Falls ich dich erinnern muss, du warst diejenige, die gesagt hat, ich solle sie nicht nerven!"

Riley sieht mich an. Ihr Blick ist undurchdringlich wie immer. Genervt schaue ich zur Seite.

„Wenn du nicht reden willst, dann bitte! Mir solls recht sein. Aber dann geh auch und verwende nicht meine wertvolle Übungszeit!"

Sie guckt verlegen zur Seite, sieht mich dann aber entschlossen an. Sie sagt: „Eigentlich bin ich gekommen, um mich zu entschuldigen. Es war nicht fair, wie ich mit dir umgegangen bin. Weder, nachdem du mir angeboten hast, bei dir zu übernachten, noch, als du dich bei mir bedanken wolltest. Ich will dir auch den Grund für mein Verhalten sagen, vielleicht verstehst du es dann ein bisschen. Okay… wie fange ich am besten an…", sie überlegt.

„Also zu Beginn möchte ich dir sagen, dass ich dich nicht hasse! Im Gegenteil. Als ich dich das erste Mal beim Supermarkt gesehen habe, da hast du irgendwas in mir ausgelöst. Ich dachte, es wäre ein Alarmsignal. Deshalb bin ich dann auch zu dir gegangen und habe gesagt, du sollst Madi nicht verletzen."

In dem Moment überrollt uns eine Welle und wir haben Mühe, unsere Boards zusammenzuhalten. Sie fährt fort.

„Aber ich habe mich getäuscht. Das ist mir in dem Moment klargeworden, als du mich eingeladen hast, bei dir zu übernachten. Als Freundin. Und damit kommen wir zum eigentlichen Teil. Bitte versprich mir, bis zum Ende zuzuhören."

Sie stoppt ihre Erzählung und wartet auf ein Zeichen von mir.

Jetzt bin ich wirklich gespannt auf das, was sie mir sagen will. Ich nicke und sie fährt fort. Es scheint ihr Überwindung zu kosten, als sie sagt: „Der Grund, warum ich so abweisend zu dir war, ist, dass ich dich attraktiv finde."

Ich lache und will etwas sagen, doch sie unterbricht mich. „Ich glaube du verstehst es nicht ganz. Ich finde dich nicht einfach so attraktiv. Ich bin lesbisch."

Als sie das sagt, scheint ihre Anspannung von ihr abzufallen. Ich hingegen werde innerlich panisch, schüttele den Kopf und weiß nicht, wie ich mich verhalten soll.

„Ich...", will ich sagen, kann aber nicht weitersprechen.

„Ich weiß", sagt Riley und ein Schatten legt sich über ihr Gesicht. „Du stehst nicht auf Frauen, das weiß ich. Was glaubst du denn, warum ich mich wie ein Arsch verhalten habe. Ich wollte dich und mich selbst vor diesem Gespräch schützen, Aber was solls. Jetzt hab ich´s gesagt. Ich werde gehen."

Sie will sich gerade von meinem Bord abstoßen und wegpaddeln, da hält sie kurz inne und sagt: „Ach, und zum Surfen. Du wirst es nie schaffen, vernünftig zu surfen, wenn du die Wellen beherrschen willst. Die Kunst des Surfens ist es, sich dem Wasser hinzugeben und mit ihm zu fließen, eins zu werden."

Ich sehe ihr nach, immer noch unfähig zu reden und denke über das nach, was sie gesagt hat. Über den unangenehmen Teil unseres Gespräches möchte ich jetzt nicht nachdenken, daher blende ich es aus und denke an ihre Worte über das Surfen. Während ich sie im Geist wiederhole, sehe ich mich um und schaue den anderen zu. Je länger ich das tue, desto mehr meine ich zu verstehen, was sie meint. Die meisten wirken wie Krieger, die sich durch die Wellen kämpfen, um nicht von ihnen überrollt zu werden. Aber dann, weiter hinten, sehe ich zwei Surfer, die eins mit dem Meer scheinen.

Sie folgen den Bewegungen und Biegungen der Wellen, verlassen sich auf das Meer und fließen mit ihm. Mir bleibt der Atem weg. Wow! das sieht wunderschön aus!

Ich sehe hinunter auf mein Bord. Gestärkt durch das, was ich beobachtet habe, bekomme ich neue Motivation.

Ich lege mich mit dem Bauch aufs Brett, halte die Arme ins Wasser und spüre die Bewegung des Wassers unter mir. Irgendwann fühle ich eine starke Welle auf mich zurollen und fange an zu paddeln. Die Augen habe ich geschlossen.

Mein Bord wird von der Welle ergriffen und kurz bevor sie bricht, richte ich mich auf und stehe. Im ersten Moment bin ich so überrascht, dass ich fast ins Wasser falle. Dann konzentriere ich mich wieder auf die Bewegung des Wassers und gleite mit ihm zum Strand.

Währenddessen blende ich alles um mich herum aus, weshalb ich erschrocken bin, als ich die anderen aus dem Kurs sehe, die am Strand stehen und mir applaudieren.

Lili rennt auf mich zu und strahlt mich an. „Das war fantastisch Stella! Wie hast du das gemacht?"

Ich strahle ebenfalls und zucke nur mit den Schultern. Madi kommt zu mir, fällt mir um den Hals und sagt: „Ich wusste, dass du es schaffst!"

Auch Troy wirkt beeindruckt und klopft mir anerkennend auf die Schulter. Instinktiv suche ich Riley unter den Leuten, damit ich ihr von dem magischen Moment erzählen kann, aber natürlich ist sie nicht da. Kurz bin ich enttäuscht, schüttele dann aber den Kopf und wende mich wieder den anderen zu, die mich mit Fragen bombardieren. Was ich nicht sehen kann ist Riley, die nicht weit entfernt von uns steht, mit einem Lächeln im Gesicht.

In den nächsten fünf Tagen werde ich immer besser. Troy zeigt mir, wie ich meine Technik verbessern kann und ich lerne schnell dazu. Rileys Lektion hat mir unglaublich geholfen. Am Ende des Kurses beherrschen wir alle mindestens die Basics, selbst Lili. Viel zu schnell geht die letzte Stunde zu Ende und es heißt, sich verabschieden. Fast alle aus dem Kurs sind Touristen und reisen in den nächsten Tagen wieder ab.

Madi hasst Abschiede und findet es schade, dass wir uns bald nicht mehr sehen können, deshalb bekommt sie eine geniale Idee. Wir stehen alle in einem Kreis und lauschen ihr gespannt: „Wie wäre es, wenn wir am Freitag eine große Party hier am Strand veranstalten. Mit Volleyball, Lagerfeuer, Musik, Essen, Trinken und vielem mehr. Es wäre eine Abschlussparty für unseren Surf Kurs, aber auch andere Leute können kommen. Für die entstehenden Kosten werden wir einfach von jedem fünf Dollar einsammeln und dann kriegen wir das locker wieder rein."

Alle sind begeistert von ihrer Idee. Troy sagt: „Ich werde mich um den Strand kümmern, gemeinsam mit Luke. Wir sind hier Surflehrer und kennen alle, deshalb dürfte es nicht schwer sein, eine Genehmigung zu bekommen. Matti?"

Er spricht einen eher stillen, rothaarigen Junge aus der Gruppe an. „Kannst du dich um Musik kümmern? Dein Onkel arbeitet doch in dem Bereich."

Matti nickt und nach und nach übernimmt jeder eine Aufgabe. Irgendwann schlägt Lili vor: „Stella, Madi und ich können uns um das Essen kümmern und außerdem mit Troy den Aufbau und alles koordinieren."

Madi stimmt begeistert zu. Wenn sie etwas planen und Leute herumkommandieren darf, ist sie sofort Feuer und Flamme. Auch ich sage ja. Im Kochen und Backen bin ich ganz gut, das kann nicht allzu schwer werden. Wir verabschieden uns und verabreden uns für Freitagnachmittag um 16 Uhr zum Aufbau. Bis dahin sind es noch drei Tage, in denen wir Zeit haben, alles vorzubereiten.

Madi, Lili und ich verabreden uns für den nächsten Tag bei mir zuhause, da dort am meisten Platz ist. Ich habe meinen Vater zwar noch nicht gefragt, aber ich denke nicht, dass er etwas dagegen hat.

Als ich zu Hause bin, erzähle ich meinem Vater gleich von unseren Plänen und bin ganz aus dem Häuschen. Mir fallen immer neue Ideen ein und Dad lässt sich von meiner Begeisterung anstecken und erklärt sich sogleich dazu bereit, uns bei allem zu helfen. Als ich Charles erzähle, dass wir hier das Essen machen, will er auch mithelfen.

„Ich bin ein hervorragender Koch, kleine Stella", sagt er. Das glaube ich ihm sofort und nehme seine Hilfe gerne an.

Am nächsten Morgen, als Lili und Madi da sind, treffen wir uns alle in der Küche. Am Anfang ist es ein wenig steif zwischen uns, aber als wir anfangen Rezepte auszusuchen, packt uns alle der Enthusiasmus und bald darauf ist unsere Küche in lautes Lachen und Diskutieren gehüllt.

Als wir uns endlich für 10 verschiedene Speisen, Snacks und Leckereien entschieden haben, schreiben wir eine Einkaufsliste und mein Vater fährt mich und die Mädels zum Supermarkt.

Wir haben unglaublich viel Spaß dabei, alles herauszusuchen und entscheiden uns dazu, noch Chips und anderen Knabberkram zu kaufen. Als wir fertig sind rufe ich meinen Vater an, damit er uns wieder abholt. Währenddessen warten wir auf dem Parkplatz und unterhalten uns über die Outfits, die wir zur Party anziehen wollen.

Als wir wieder zu Hause sind, machen wir gemeinsam einen Arbeitsplan und teilen auf, wer was davon macht.

Madi und mein Vater sind nicht die größten Köche und Bäcker, weshalb sie mehr das Koordinieren von uns und allen anderen übernehmen und nach Deko gucken. Lili, Charles und ich übernehmen das Backen und Kochen der Sachen für das Buffet und holen uns dabei immer wieder Ratschläge von Dad und Madi.

Einmal während einer Pause beobachte ich die anderen, wie sie arbeiten, miteinander lachen und diskutieren und mir wird ganz warm ums Herz. Trotz der kurzen Zeit, die ich erst hier bin, fühle ich mich schon wie zu Hause und habe alle so sehr ins Herz geschlossen.

Am Donnerstagabend werden wir mit dem Backen für das Buffet fertig. Das ist früher als gedacht, und so schlägt mein Vater vor, morgen mit uns Shoppen zu fahren. Wir sind hellauf begeistert von der Idee und planen sogleich, wo wir überall hingehen wollen.

Madi und Lili bleiben noch den Abend über und wir beschließen, einen Film zu gucken. Nach kurzer Diskussion darüber, was wir gucken wollen, sehen wir uns D.E.B.S. an. Madi und Lili finden ihn ein bisschen langweilig, aber mich fasziniert die Liebesgeschichte zwischen der DEB und Lucy

Diamond total. Um Mitternacht verabschieden sich Madi und Lili. Wir wollen nicht zu lange wach bleiben, damit wir fit für die Party morgen sind.

Nachdem sie gegangen sind sitze ich noch kurz mit Dad und Charles in der Küche, aber bald gehe auch ich schlafen.

Am nächsten Morgen fahren wir schon früh zum Shoppen los, um rechtzeitig zum Aufbau wieder da zu sein. Mein Vater und ich holen Lili und Madi zu Hause ab, dann geht es los. Wir klappern alle Läden auf unserer Liste ab, aber irgendwie finden wir nichts, das uns gefällt. Nachdem wir ohne Erfolg aus dem letzten Laden herauskommen, schlägt mein Vater eine Pause vor und wir gehen in ein Café und bestellen etwas zu trinken. Als wir frustriert unseren Kaffee umrühren, ergreift mein Vater das Wort.

„Kopf hoch Mädels, wir werden schon noch etwas finden!", sagt er voller Zuversicht.

„Wo denn?", sage ich verzweifelt, „wir waren doch schon überall."

„Genau!", sagt Lili und Madi fügt hinzu: „Ich glaube, eine weitere Enttäuschung könnte ich heute nicht ertragen."

Mein Vater grinst. „Ich glaube, ich weiß, wo wir etwas finden werden! Kommt mit."

Wir sehen uns zweifelnd an, folgen ihm aber doch aus Neugier. Wir laufen vom Café aus durch ein paar kleine Gässchen und halten schließlich vor einem kleinen Laden, dessen Schild verblichen und schief ist.

Malena's Boutique steht dort in schnörkeliger Schrift.

Ich sehe meinen Vater schief an. „Glaubst du wirklich, dass wir hier etwas finden?"

„Vertraut mir!", sagt er überzeugt und geht in den Laden hinein. Wir folgen ihm.

Die Besitzerin und mein Vater kennen sich, sie sind Freunde von früher. Die Dame ist unglaublich freundlich und hilft uns dabei, etwas zu finden. Eine Stunde später stehen wir alle drei mit einem Haufen neuer Kleidung vor der Ladentür.

„Puh", sage ich, „das war unerwartet."

„Ich hatte nicht vor so viel zu kaufen, aber dieser Laden ist genial", sagt Madi.

Ich sehe meinen Vater an: „Danke Dad, der Laden war perfekt."

„Ja vielen Dank für die Idee und das Fahren. Shoppen mit drei Mädchen in unserem Alter, das machen die wenigsten freiwillig", sagt Lili.

Mein Vater lächelt verlegen. „Keine Ursache Mädels, ich wusste, dass ich euch damit eine Freude mache."

Ich sehe auf meine Armbanduhr. Oh Gott!

„Leute, wir müssen sofort los! Es ist schon 15:45, gleich beginnt der Aufbau."

Erschrocken sehen wir uns an und laufen zum Auto. Bevor wir zum Strand fahren, müssen wir noch zuhause und das ganze Essen ins Auto laden. Charles wartet schon auf uns und hilft beim Verladen, dann fahren wir weiter zum Strand. 15 Minuten zu spät kommen wir an.

Der Aufbau ist schon in vollem Gang und wir machen uns auf die Suche nach Troy, der die Arbeiten leitet, damit er uns zeigt, wo das Buffet hinkommt. Nach kurzer Suche finden wir ihn.

„Hey Mädels", sagt er, „Das Buffet kommt in die Nähe des Feuers, geht zu Tobi, er zeigt es euch genau. Ich muss jetzt zu Matti und ihm wegen der Musik helfen."

„Danke!", rufe ich im Weggehen und versuche, mit den anderen Schrittzuhalten, die schon vorausgeeilt sind.

Das Buffet ist schnell gerichtet und so helfen wir noch bei allen möglichen Arbeiten, z. B. bei der Deko, Kasse, Tanzfläche und dem Eintrittsbereich. Zwischen sechs und halb sieben möchte mein Vater nach Hause fahren und fragt mich, ob ich mitkommen will. Ich frage die anderen, ob sie noch Hilfe brauchen, aber da sie schon fast fertig sind, fahre ich mit gutem Gewissen mit meinem Dad mit. So habe ich noch genug Zeit, um mich in aller Ruhe fertigzumachen.

„Soll ich dich beraten, wenn du dein Outfit raussuchst?", fragt mich mein Vater.

„Das wäre schön", sage ich und lächele ihn an.

Zuhause angekommen gehe ich in aller Ruhe unter die Dusche, schminke mich und style meine Haare. Dann suche ich drei verschiedene Outfits heraus und präsentiere sie meinem Vater und Charles, der gerade aus dem Garten kommt. Beide beraten mich und schließlich wähle ich das erste Outfit.

Als ich mit allem fertig bin betrachte ich mich zufrieden im Spiegel. Meine Haare trage ich offen und leicht gelockt, nur zwei kleine Strähnen habe ich geflochten, um noch mehr Bewegung zu bekommen. Mein Makeup ist schlicht, ein bisschen Mascara, Blush, Highlighter und roten Lippenstift.

Ich trage ein pink-rotes Baby T-Shirt, dazu eine ebenfalls pinke low-rise Jeans und weiße Sneakers. Zum Überziehen nehme ich mir die Jacke des Footballteams meiner ehemaligen Schule und als Accessoire noch meine rote Sonnenbrille mit.

Dann gehe ich nach unten und rufe meinen Vater. Er kommt und wir gehen zum Auto. Draußen treffen wir auf Charles, der mir viel Spaß wünscht und dann geht es los. Schon bevor wir den Strand erreichen, hören wir laute Musik. Mein Vater lächelt mich an.

„Und, freust du dich schon?"

Ich nicke. „Ja und wie. Ich bin aufgeregt, es ist immer ein Unterschied, einfach auf eine Party zu gehen, als auf eine, die man mit organisiert hat."

„Keine Sorge, es wird bestimmt großartig und wenn etwas ist, kannst du mich anrufen."

„Danke Dad", sage ich.

Dann sind wir da und ich steige aus dem Auto aus. Ich rufe meinem Vater ein kurzes Tschüss zu und will gehen, als er mich noch einmal ruft. „Stella, warte mal kurz! Ruf mich doch bitte an, wenn du nach Hause möchtest und übertreib es nicht mit dem Alkohol!"

Ich verdrehe innerlich die Augen, freue mich aber irgendwie, dass er sich um mich Gedanken macht.

„Klar, werde' ich machen, keine Sorge! Bis Später!", rufe ich und stürze mich ins Partygewimmel, auf der Suche nach Madi und Lili.

Lili habe ich schnell gefunden. Sie sitzt am Feuer und unterhält sich mit zwei Jungs. Ich geselle mich erstmal zu ihr, aber irgendwann wird es langweilig, da ich vom

Gesprächsthema, Quantenphysik oder so, keine Ahnung habe. Ich gehe zum Buffet, esse etwas und hole mir dann einen Drink. Während ich an der Bar stehe höre ich plötzlich hinter mir jemanden Kreischen. Vor Schreck verschlucke ich mich an meinem Getränk und fahre herum.

Da fällt mir ein Stein vom Herzen. Puh! Es ist nur Madi, die mich entdeckt hat. Sie rennt auf mich zu und ihr alkoholisierter Atem weht mir ins Gesicht.

„Hey Stellla, ddu mussst ungebint mit Tanssen komm'. Die Msik is echt der Hamma!", sagt sie strahlend.

Ich überlege nicht lange und lasse mich von ihr mitziehen. Ihre gute Laune tut mir gut und führt dazu, dass auch ich bald ausgelassen tanze. Wobei, vielleicht liegt das auch nicht an ihrer guten Laune, sondern an dem Alkohol, den ich zu mir genommen habe. Beim Tanzen verliert man schnell den Überblick über seine Drinks und merkt die Wirkung nicht so stark, wegen der Bewegung.

Als wir irgendwann eine Pause machen, merke ich es dann auf einmal und ich verliere kurz das Gleichgewicht. „Huuch!", sage ich und fange an zu kichern.

Madi lacht mit und sagt dann: „Ich hab ne Idee Stel. Darf ich dich so nennen, Stel?", unterbricht sie sich selbst.

„Klar", sage ich, „aber nur du. Eigentlich hasse ich Spitznam' aber bei dir isses okay."

„Awww", sagt Madi und fällt mir in den Arm „Du bis sone süße! Aber jetz zu meina Idee. Wie wär's, wenn wir nen Typen für dich suchen." Ich muss lachen.

„Nein, nein, jetzt hör mir mal zu. Nich irgendein Typen. Einn richtig heißn Typ. Wir suchn jemand aus, dann gehst du hin und redst mit dem und ich plan derweil die Hochzeit."

Jetzt muss sie auch lachen. Wir lachen beide, bis wir mit jemandem zusammenstoßen. Wir schauen auf und Oh! Da steht ein heißer Typ vor uns, puhhh. Madi schaut mich an, den Mund weit offen und sagt: „Das issa. So jemand meinte ich. Los gehh. Schnapp ihn dirr"

Mit den Worten schiebt sie mich vor und ich bin gezwungen, mit dem Jungen zu reden. Ich sehe sie böse an und forme mit den Lippen die Wörter: Ich hasse dich.

Dann drehe ich mich zu dem Jungen und um setze ein strahlendes Lächeln auf. „Hi, ich bin Stella."

Er lächelt zurück. „Hey Stella, ich bin Robin. Nett dich kennenzulernen."

Kurz entsteht ein Schweigen, was mir unangenehm ist, doch dann stellt Robin mir eine Frage: „Und, wie gefällt dir die Party so."

Froh darüber, ein Gesprächsthema zu haben, fange ich an zu reden. „Also die Party ist großartig. Ich hab schon so viel getanzt und es ist echt richtig gut geworden. Ich habe das nämlich mit organisiert musst du wissen."

Ich sehe ihn mit schiefem Blick an und bemühe mich darum, möglichst glaubhaft auszusehen. Verdammt, der Alkohol. Ich werde langsam dusselig. Robin bietet an, mir ein Glas Wasser zu holen, worüber ich sehr dankbar bin.

Ich unterhalte mich weiter mit ihm und er ist echt nett. Er ist lustig, hat Charme, sieht hammermäßig aus und hat echtes Traummann potenzial. Jedes andere Mädchen würde vermutlich auf ihn abfahren, aber mir ist seine

Aufmerksamkeit mir gegenüber fast schon unwohl. Ich weiß auch nicht woran das liegt.

Die Chemie zwischen uns passt, ich meine, er ist echt nett und ich kann mich easy mit ihm unterhalten, aber wenn ich mir vorstelle, mehr mit ihm zu haben, wird mir ganz komisch.

„Hast du Geschwister?", fragt er irgendwann und rückt ein Stück näher an mich heran. Unmerklich zieht sich meine Brust zusammen.

„Nein", sage ich, „meine Mama ist alleinerziehend gewesen und hat nie einen neuen Mann kennengelernt..."

Während ich rede wird meine Aufmerksamkeit von etwas erregt. Besser gesagt von jemandem. Riley! Sie ist hier, das hätte ich nicht gedacht! Und sie sieht so anders aus. So...wunderschön...

Mein Bauch fängt an zu kribbeln. Ihre dunklen Haare hängen lang und glatt an ihr herunter, ihre Augen sind rauchig geschminkt und sie trägt dunkelroten Lippenstift. Das Licht der untergehenden Sonne lässt ihre wunderschöne dunkle Haut golden Schimmern. Sie trägt ein enges, weißes Croptop, dass ihre Brüste und Taille hammer aussehen lässt, dazu eine locker sitzende, weite Jeans und bunte Jordans. Während sie läuft bindet sie sich ein Karo-Hemd um die Hüfte und schüttelt dabei ihre Haare. Mir steht der Mund offen, ich kann sie nur anstarren.

Ich sehe sie wie in Zeitlupe, als sie sich ihren Weg durch die Menge bahnt, direkt an mir vorbei. Einmal bleibt ihr Blick auf mir hängen und für eine Weile sieht sie nur mich an, dann verzieht sie ihren wunderbaren, vollen Mund zu einem kleinen Lächeln und geht an mir vorbei zu ihren

Freunden. Ich muss unglaublich bescheuert aussehen, wie ich so dastehe und sie mit offenem Mund anstarre.

Irgendwann reißt Robin mich aus meiner Trance, als er mit der Hand vor meinem Gesicht wedelt. „Hallo! Erde an Stella!" Er lacht, als ich ihn verwirrt ansehe.

„Sorry, ich war ein bisschen abgelenkt."

„Das kann man wohl sagen", sagt er. „Und, wer ist sie?"

Ich verschlucke mich an dem Bier, das ich mir gerade aufgemacht habe.

„Wer ist wer?", frage ich hustend.

„Na das Mädchen, das du so angestarrt hast. Du scheinst sie zu mögen."

„Was nein!", sage ich geschockt. „Riley und ich sind…nur…Freunde."

Freunde? Als ich das sage, fühlt es sich fast falsch an. Unmerklich ist mein Blick wieder zu ihr zurückgekehrt. Sie steht immer noch bei ihren Freunden und lacht gerade.

Robin legt mir die Hand auf die Schulter und sagt: „Ist doch okay, wenn du Mädchen magst, hab da kein Problem mit. Aber vielleicht hättest du mir das sagen können, bevor ich angefangen habe, mit dir zu flirten. Ich geh dann mal."

„Ich…ich steh gar nicht auf Mädchen", protestiere ich, doch als ich Robins zweifelndem Blick begegne, schließe ich meinen Mund wieder. Robin geht und ich bleibe allein zurück.

Während ich mein Bier trinke denke ich nach. Was war das gerade? Wie konnte mich eine Frau, und dann noch ausgerechnet sie, so aus der Bahn werfen? Wieso habe ich diese Anziehung gefühlt? Und dann noch Robin, warum hat er direkt angenommen, ich würde auf Frauen stehen? Mein

Kopf ist voll von Fragen und ich habe das Gefühl, als würde ich gleich platzen. Für eine Weile stehe nur stumm da.

Irgendwann kommt Madi zu mir und unterbricht meine Gedanken.

„Was machst du denn hier so allein?", fragt sie mich. „Ich dachte, du unterhältst dich mit dem heißen Typen und jetzt sehe ich ihn mit einer anderen flirten. Was war da los?"

„Nichts, es hat einfach nicht gepasst, das ist alles." Um vom Thema abzulenken sage ich: „Komm, lass uns etwas anderes machen."

Sie zuckt mit den Schultern und sagt: „Okay, wenn du willst. Wie wäre es mit Bier Pong? Die Jungs sind so besoffen, die ziehen wir mühelos ab."

Ich lächle sie an. „Na dann nichts wie los."

Das Bier Pong ist lustig, denn die Jungs sind wirklich furchtbar betrunken und schlecht, aber ich bin total unfokussiert und sehe unabsichtlich die ganze Zeit zu Riley hinüber. Irgendwann halte ich es nicht mehr aus. Ich muss mit ihr reden. Jetzt.

„Madi!", rufe ich meine Freundin. Sie kommt zu mir und sieht mich fragend an. „Meinst du, du schaffst den Rest auch allein? Ich muss mal auf die Toilette..."

„Klar, geh nur!", sagt Madi und lächelt. Ich lächele zurück, dann drehe ich mich um und gehe auf Riley und ihre Freunde zu. Ich bin nervös und glücklicherweise merke ich den Alkohol nicht mehr so stark, sodass ich vernünftig gehen und reden kann.

Ich bleibe hinter Riley stehen und tippe ihr auf die Schulter. Sie dreht sich um und sieht leicht genervt aus. Als sie mich erkennt, wechselt ihr Gesichtsausdruck und sie wirkt überrascht.

„Stella, was machst du denn hier!?", fragt sie und mustert mich.

„Kann ich kurz mit dir reden?", frage ich leise.

„Klar", sagt Riley, „schieß los."

Ich sehe mich um und gucke ihre Freunde an, die ebenfalls interessiert zuhören.

„Ungestört…", sage ich.

Sie runzelt die Stirn. „Okay, wie du willst." Zu ihren Freunden gewandt sagt sie: „Ich bin gleich wieder da Leute!"

Wir gehen zum Strand, direkt zum Wasser, sodass wir ungestört sind. Erwartungsvoll sieht Riley mich an.

„Also, was ist so geheim, dass du nicht vor meinen Freunden erzählen willst? Die übrigens überaus vertrauenswürdig sind."

Ich winde mich. „Das bezweifle ich ja gar nicht. Ich bin nur gerade durcheinander, weil ich etwas nicht verstehe und ich keine Ahnung habe, mit wem ich darüber reden soll und wie ich überhaupt darüber reden soll."

„Naja, vielleicht mit einem deiner Freunde? Lili? Oder Madi?", sagt Riley unbehaglich.

Ich sehe beschämt nach unten. „Ich glaube nicht, dass sie das verstehen würden."

Riley seufzt. „Aber warum willst du gerade mir davon erzählen? Versteh mich nicht falsch, ich habe kein Problem mit dir wie du weißt, aber wir sind ja auch nicht gerade dicke."

„Weil…", ich hole Luft, „ich weiß, dass du es verstehen könntest und mich nicht verurteilst."

„Okay, okay", sagt sie und scheint sich mit meiner Antwort zufrieden zu geben. „Es scheint wirklich was Ernstes zu sein, Hm? Komm, setzen wir uns hin."

Wir setzen uns nebeneinander in den Sand und dann wartet Riley darauf, dass ich anfange zu erzählen. Ich sammle mich und atme tief durch. Dann kneife ich die Augen zusammen und meine Frage platzt aus mir heraus.

„Woher wusstest du, dass du Frauen magst?"

Kapitel 5

Riley sieht mich einfach nur an. Falls meine Frage sie überrascht, zeigt sie es nicht. Ich sehe aufs Meer hinaus. Sie fängt an zu reden.

„Am Anfang habe ich's gar nicht gecheckt. Ich habe mich immer gut mit Jungs verstanden und bin mit ihnen oft besser als mit Mädchen klargekommen. Dass ich nie etwas von ihnen wollte, habe ich darauf geschoben, einen sehr speziellen Typ zu haben. Irgendwann habe ich dann gesehen, wie sich alle meine Freundinnen verlieben, nur ich nicht. Ich bin dann auch auf Dates gegangen und habe Jungs geküsst, einfach um normal zu sein und das zu machen, was alle in dem Alter nun mal tun, nur habe ich dabei nie etwas gefühlt.

Auf der High School gab es dann ein Mädchen aus der Abschlussklasse, zu dem ich mich sehr hingezogen fühlte. Es war das erste Mal, dass ich merkte, dass ich Frauen attraktiv finde. Ich war ziemlich verwirrt deswegen, aber das Mädchen, sie hieß Maya, hat mir geholfen, damit klarzukommen und mich ermutigt, meiner Familie davon zu erzählen. Das habe ich dann auch getan, denn ich hatte ein sehr enges Verhältnis zu meiner Familie und war mir sicher, sie würden mich unterstützen und nehmen wie ich bin.

Du musst wissen, meine Familie ist streng gläubig und sehr traditionell, was ich aber immer gemocht habe."

Ihr Gesichtsausdruck verdüstert sich und sie fährt fort.

„Aber als ich mich vor ihnen outete, da reagierten sie auf eine Weise, die ich nie für möglich gehalten hätte. Meine Mum begann zu Weinen und konnte mir nicht mehr in die Augen sehen, während mein Vater so wütend wurde, dass er mich fast geschlagen hat. Die nächste Zeit war die reinste Hölle. Meine Familie hat mir bei jeder Gelegenheit gezeigt, was für eine Enttäuschung ich für sie bin und dass ich nicht mehr willkommen bin. Sie haben mich nie offiziell rausgeworfen, aber mein Vater gab mir bei jeder Gelegenheit zu verstehen, dass ich nicht länger seine Tochter bin. Ich habe versucht, mit meiner Mum zu reden, aber sie ist immer weggegangen und tat so, als existiere ich nicht."

Ihre Stimme wird rau und ich kann den Schmerz heraushören, den sie empfindet, wenn sie daran denkt.

„Sogar meine Brüder, die alles für mich taten und meine besten Freunde waren, wendeten sich von mir ab. Die nächsten Monate lebte ich hier und da, bei verschiedenen Freunden und versuchte irgendwie um die Runden zu kommen. Ich ging nicht mehr regelmäßig zur Schule und arbeitete stattdessen, denn ab dem Moment, in dem sich alle Menschen, die mir wichtig waren, von mir abgewendet haben, wollte ich nur noch weg. Mein Traum war es immer, später einmal in Australien zu leben. Jetzt, da ich alles andere verloren hatte, war dieser Traum der Grund, weshalb ich nicht aufgegeben habe.

Als ich genug Geld hatte, um ein Flugticket zu finanzieren, flog ich mit dem erst besten Flug, den ich kriegen konnte nach Sydney. In Sydney musste ich auf die

Straße gehen, um mein Essen zu finanzieren und ich hatte keinen Plan, was ich eigentlich machen soll und wo ich bleiben möchte. Einmal war ich in einem Reisebuchladen und dort habe ich ein Buch über Magnetic Island gelesen. Ich verliebte mich auf Ort und Stelle in die Insel und beschloss, dorthin zu gehen. Über Umwege schaffte ich es irgendwie, auf die Insel zu kommen, wo ich auch erstmal völlig verloren war, aber glücklich. Die Inselbewohner nahmen mich bei sich auf und halfen mir; ich bekam von ihnen Arbeit, eine Wohnung und konnte die Schule abschließen. Ich habe Freunde gefunden und mich selbst akzeptiert wie ich bin. Einige Zeit hatte ich sogar eine Freundin."

Ich merke wie sie gedanklich abschweift und sehe sie vorsichtig an. Ihre Geschichte geht mir ziemlich nahe und ich bewundere ihre Stärke. Die wenigsten würden mit dem, was sie erlebt hat so gut umgehen können. Sie fängt sich wieder und sagt: „Genug über mich, wieso möchtest du das überhaupt wissen?"

„Naja…", sage ich leise und sehe auf meine Füße.

„Ja?", fragt sie, „ich kann deine Gedanken leider nicht lesen."

Ich seufze. „Vielleicht mag ich nicht nur Männer…oder mag sie gar nicht."

„Bist du dir sicher?", fragt Riley mit trockener Stimme.

Meine Stimme zittert, als ich spreche. „Ehrlich gesagt habe ich keine Ahnung. Ich bin mir bei gar nichts mehr sicher und es macht mir einfach nur Angst."

Wir sehen uns an.

„Ich verstehe dich", sagt sie, „danke für dein Vertrauen."

Vorsichtig fragt sie: „Seit wann hast du denn das Gefühl, dass du Frauen magst."

„Ich weiß nicht, wahrscheinlich schon länger, aber ich habe nie über so etwas nachgedacht, bevor ich dich vorhin gesehen habe. Da war es so als..."

Ich werde rot und sehe beschämt zur Seite. Riley fährt leise fort.

„Da war es, als wäre die Welt stehen geblieben und es gäbe nur uns beide, der Rest war wie ausgeblendet, stimmts?"

Ich sehe sie verwirrt an. „Was?", wispere ich.

Sie sieht mir in die Augen. So intensiv, dass ich wegsehe. „Du bist nicht die Einzige, die es gefühlt hat, Stella."

Ich schnappe nach Luft. Ich brauche eine Pause, die Situation wächst mir über den Kopf.

„Hey, hey, alles ist gut", sagt Riley und sieht mich liebevoll von der Seite an. „Stress dich nicht so. Es ist normal, dass du überfordert bist und nicht weißt, was du als nächstes tun sollst."

Ihre Worte lösen etwas in mir und ich fange an zu weinen.

„Ich will das alles nicht. Warum kann ich nicht wie alle anderen sein?"

Sie rutscht näher an mich heran. „Es ist okay, nicht so zu sein wie die anderen. Du bist etwas Besonderes Stella!"

„Aber ich will es doch gar nicht", sage ich verzweifelt.

Sie legt ihre Hand auf meine Schulter. Durch meinen Körper fährt ein Stromstoß und ich schüttele sie schnell wieder ab. Ich kann das nicht, ihre Nähe macht mir zu viel Angst. Angst vor dem, was ich dann tun möchte.

„Lass mich bitte alleine. Ich muss nachdenken", sage ich zu ihr.

„Okay", haucht Riley und steht langsam auf. Kurz zögert sie und bleibt stehen, als würde sie noch etwas sagen wollen, doch dann geht sie.

Ich vergrabe den Kopf in meinen Armen und weine. Ich weiß nicht, wie lange ich so dasitze, aber irgendwann sammle ich mich und rufe meinen Vater an, damit er mich abholt. Ich stehe auf, wische mir die Tränen aus dem Gesicht und mache mich auf den Weg zu unserem Treffpunkt. Mittlerweile ist es schon nach Mitternacht. Es ist dunkel und die Sterne leuchten hell am klaren Nachthimmel. Ich sehe nach oben.

„Lieber Gott", sage ich, „falls es dich gibt, eine Frage. Warum ich? Warum ausgerechnet ich?"

Ich gehe am Rande der Party vorbei und sehe die Leute, die Spaß haben, Trinken und Tanzen. Die Party ist ein Erfolg, auch wenn sie für mich ein unerwartetes Ende hat.

Als ich beim Treffpunkt ankomme, wartet mein Vater schon auf mich. Als ich ins Auto steige sieht er mich besorgt an und fragt: „Ist alles okay bei dir? Du siehst aus, als wärst du ziemlich durch den Wind."

„Ja, mir geht's gut", sage ich, „ich bin nur ein bisschen müde."

Das ist nicht einmal gelogen. Zuhause lege ich mich mitsamt Makeup und Klamotten ins Bett und schlafe sofort ein.

Am nächsten Morgen stehe ich erst spät auf und gehe unter die Dusche, bevor ich frühstücke. Ich habe zerzauste Haare und mein Makeup ist in meinem Gesicht verschmiert.

Nachdem ich mich geduscht und angezogen habe, gehe ich nach unten. Mein Vater sitzt am Frühstückstisch, liest Zeitung und trinkt Kaffee.

„Morgen", sage ich.

„Guten Morgen Stella", sagt er. „Sag mal, interessierst du dich eigentlich für Sport?"

„Ja schon", sage ich, „Wieso?"

Er räuspert sich. „Ich wollt nur mal fragen. Hier in der Zeitung ist ein sehr interessanter Artikel über eine junge Surferin."

Ich stelle mich hinter ihn, um in die Zeitung gucken zu können. Mein Vater sagt: „Ahh, fast hätte ich es vergessen, könntest du Charles seinen Kaffee bringen? Er hat nicht daran gedacht, ihn mitzunehmen und freut sich außerdem bestimmt, dich zu sehen."

„Klar, mach ich gerne!"

Als ich gerade die Tür hinausgehen will, gibt mir mein Vater noch ein Glas Wasser in die Hand.

„Das ist für seinen Mitarbeiter, nicht, dass wir den noch vergessen." Er zwinkert mir zu und ich muss lächeln.

Draußen auf der Terrasse sehe ich Charles und seinen Mitarbeiter.

„Guten Morgen Charles!", rufe ich ihm zu. „Ich habe hier deinen Kaffee, den hast du in der Küche vergessen. Und ein Glas Wasser für deinen Mitarbeiter."

Charles kommt zu mir und nimmt mir den Kaffee ab. „Vielen Dank Stella. Und mein Gehilfe ist eine sie. Komm schon her Riley und sag Stella hallo. Ihr werdet euch bestimmt gut verstehen"

Moment, habe ich mich verhört? hat er Riley gesagt? Langsam dreht sich die Person um, das Gesicht verzogen, als wäre es ihm unangenehm. Pardon, ihr! Ich habe mich nicht verhört. Auf der Terrasse steht Riley und winkt mir ungelenkig zu.

„Hey", sagt sie. Fast fällt mir das Wasserglas aus der Hand.

„Was machst du denn hier?", frage ich sie.

„Ich arbeite hier, schon seit letztem Sommer. Sei bitte nicht sauer..."

Sie hält inne und sieht mich gequält an. Denkt sie ich bin sauer? Überrascht, ja, das bin ich. Aber sauer? Wieso sollte ich? Den Job hatte sie schließlich schon bevor ich aufgetaucht bin.

„Können wir kurz reden?", fragt sie.

„Okay, klar", sage ich nervös. Wir gehen weiter weg von Charles, der sich eh schonabgewendet hat, durch den Garten. Irgendwann bleibe ich stehen, mit dem Rücken zu Riley, sodass sie mich nicht sehen kann.

Sie sagt: „Hör zu, falls du sauer bist, dann tut es mir leid. Aber ich kann auch nichts dafür, ich arbeite hier schon seit Monaten. Das hat nichts mit dir zutun, ich will dich wirklich nicht bedrängen! Woher soll ich denn wissen, dass die Frau, die mich so fasziniert, die Tochter meines Bosses ist?"

Ihre Worte bringen mich aus der Fassung. Ich nehme mir einen Moment, um mich zu fassen, dann drehe ich mich um, damit sie mein Gesicht sieht. Als sie sieht, dass ich nicht wütend wirke, atmet sie erleichtert aus.

„Ich bin nicht wütend auf dich, Riley", sage ich, „aber ich habe auch nicht damit gerechnet, dich hier zu treffen.

Sie lächelt nervös und fängt dann an zu reden. „Hör zu, ich weiß, dass das Ganze hier sehr neu für dich ist und du Zeit brauchst, um alles zu verarbeiten, aber vielleicht kann ich dir helfen. Wenn ich das richtig verstanden habe, dann hast du nach der Situation bei der Party angefangen, darüber nachzudenken, ob du auf Frauen stehst. Also bin ich dazu bestimmt worden, dir zu helfen!"

Sie sieht mich mit ernstem Blick an und ich weiß nicht, ob ich lachen oder weinen soll.

„Ich schlage dir einen Deal vor", sagt sie und verschränkt die Arme. „Geh mit mir auf ein Date. Ganz unverbindlich. Ich denke mir etwas aus, dass wir unternehmen können und dabei kannst du überprüfen, ob du dich tatsächlich zu Frauen, beziehungsweise mir, hingezogen fühlst. Wenn nicht, dann lasse ich dich in Ruhe, aber wenn doch..." Sie hält kurz inne. „Na, das werden wir sehen, wenn es so weit ist..."

Als ich nicht gleich antworte sagt sie: „Das Ganze bleibt auch unter uns, versprochen."

Ich sehe ihr in die Augen. „Okay", sage ich.

„Wie okay?", fragt sie. „Du sagst ja? So einfach?!"

„Ja", sage ich und fange an zu lachen. Werde ich jetzt verrückt? „Mir macht das alles zwar schreckliche Angst, aber gleichzeitig möchte ich mich auch selbst entdecken und Gewissheit bekommen. An wann dachtest du denn?"

Riley wirkt überrascht von meiner Antwort und sagt leicht stotternd: „W-wie wäre es mit übermorgen um 14 Uhr? Wir treffen uns genau hier?"

„Ja", sage ich, „bis dann." Ich gehe in Richtung Terrasse und lasse Riley hinter mir stehen. Im Gehen sage ich noch: „Gib dir Mühe!", und lächele ihr zu. Sie lächelt zurück.

Im Haus gehe ich ins Wohnzimmer und lasse mich auf das Sofa sinken und prompt lässt mein Höhenflug an Mut nach. Es hat ganz schön Überwindung gekostet, dem Date zuzustimmen, aber es hat sich so angefühlt, als würde ich das Richtige tun! Doch aus dem guten Gefühl folgen auch die Zweifel. Was, wenn ich mich nur getäuscht habe? Wie soll ich das Riley erklären? Was, wenn sie versucht mich zu küssen und ich es ekelig finde? Und dann: was, wenn ich merke, dass ich mich wirklich zu ihr hingezogen fühle, ja sogar Gefühle für sie entwickele. Wie soll es dann weiter gehen? Bei dem Gedanken zieht sich mein Brustkorb zusammen.

Um nicht komplett durchzudrehen, beschließe ich, eine Runde laufen zu gehen. Ich nehme mein Handy mit, damit ich Musik hören kann. Ich sage meinem Vater Bescheid, dann laufe ich los. Nachdem ich eine gute Stunde gelaufen bin und mich auf den Rückweg mache, beschließe ich, einen Abstecher zum Strand zu machen. Mein Kopf ist größtenteils wieder klar. Die Bewegung hat geholfen, mich von meinen Gedanken abzulenken.

Als ich am Strand bin, atme ich die frische Seeluft tief ein. Außer mir ist niemand hier und ich sauge die warme Luft und ruhige Atmosphäre in mir auf. Dabei merke ich, wie heiß mir ist und mir kommt eine Idee! Kurzerhand ziehe ich meine Schuhe aus und renne mitsamt meinen Klamotten ins Meer.

Ich tauche unter. Das Wasser ist so kühl und angenehm, dass ich gar nicht genug davon bekommen kann. Nachdem ich eine Weile im Wasser war, gehe ich wieder nach draußen, lege mich in den Sand und lasse mich von der Sonne trocknen. Dann mache ich mich zufrieden auf den Nachhauseweg.

Den Resttag verbringe ich damit, mein Zimmer umzuräumen und so einzurichten, dass es sich noch mehr nach mir anfühlt.

Am nächsten Tag bin ich fast die ganze Zeit damit beschäftigt, den Wagen meines Vaters zu putzen. Ich hatte nichts zu tun und mir war langweilig, da habe ich es ihm angeboten. Außerdem hat es das Auto dringend nötig.

Später am Nachmittag, als ich mit fast allem fertig bin, gesellt sich mein Vater zu mir.

„Brauchst du noch Hilfe?", fragt er mich. Ich sehe mich um und überlege. Außen ist schon alles getan, das Auto ist blitz und blank. Drinnen muss ich noch saugen, den Müll raus machen und die Scheiben putzen, dann bin ich fertig.

„Eigentlich gibt es nicht mehr viel was zu tun ist", sage ich. Als ich sein enttäuschtes Gesicht sehe füge ich hinzu: „Aber wenn du gerne helfen möchtest, dann könntest du den Müll ausräumen und mir bei den Scheiben helfen."

Mein Vater lächelt. „Das mache ich gerne."

Wir arbeiten beide still. Er putzt die Scheiben, ich staubsauge das Auto. Wäre jetzt ein passender Moment, um auf ihn und Mum zusprechen zu kommen? Wir haben seitdem ich hier bin noch kein Wort darüber gewechselt und ich denke, allmählich wäre es an der Zeit.

„Du Dad", sage ich, „wie war das eigentlich damals mit dir und Mum? Sie hat mir nie davon erzählt und ich würde gerne die Geschichte kennen."

Mein Dad stellt sich hin und legt den Arm auf der Autotür ab.

„Komm", sagt er, „Ich denke, wir sollten eine Pause machen."

Wir gehen in den Garten und setzen uns an einen Tisch mit Blick aufs Meer. Mein Vater bittet mich, kurz zu warten und kommt wenige Minuten später mit zwei Tassen Kaffee, zwei Kuchenstücken und einem alten Fotoalbum zurück.

Er setzt sich neben mich und seufzt. „So, dann wollen wir mal. Ich werde von Anfang an beginnen. Wenn du Fragen hast, unterbrich mich gerne."

Er überlegt und versucht, sich in die Zeit zurückzuversetzen. Mit einem Lächeln auf den Lippen fängt er an zu erzählen.

„Als ich 19 Jahre alt war, habe ich im Sommer als Hafenarbeiter gearbeitet, um ein wenig Geld zu verdienen. Ich war gerade mit der High-School fertig und wusste nicht, was ich mit meinem Leben machen sollte.

Eines Tages kam dann diese wunderschöne junge Frau mit ihrer Freundin über die Landungsbrücke spaziert. Ich war sofort magisch angezogen von ihr und konnte die Augen nicht von ihr wenden."

Er lächelt und sieht in die Ferne, als würde er sie sehen, wie beim ersten Mal.

„Ich sah sie erstmal nicht wieder, doch eines Tages kam sie auf mich zu, während ich eines der Motorboote putzte, und fragte, ob man diese leihen kann. Die Boote waren nicht zum Verleih, also bot ich ihr an, mit mir eine Tour zu machen, da ich selbst ein Boot hatte."

Ich muss Lächeln. Irgendwie kitschig das Ganze, aber echt süß!

„Eigentlich war es geplant, dass die Freundin deiner Mutter, Susan hieß sie glaube ich, auch mitkommt, aber sie hatte dann wohl etwas anderes vor."

Bei dem Namen horche ich auf. „Sagtest du Susan?", frage ich ihn. Er nickt.

„Die beiden sind immer noch beste Freundinnen", sage ich leise. „Erzähl weiter", bitte ich ihn.

„Wir sind den ganzen Tag mit dem Boot umhergefahren. Ich habe deiner Mutter abgelegene Orte und wunderschöne Strände gezeigt. Abends haben wir sogar Delfine gesehen. Als wir wieder zurück waren, habe ich deine Mutter zum Essen eingeladen und sie hat ja gesagt. Ab dann ging es recht schnell. Wir unternahmen mehr und mehr und verliebten uns Hals über Kopf ineinander.

Ursprünglich wollten deine Mum und Susan nach zwei Wochen abreisen, doch wegen uns beiden und, weil es Susan hier auch sehr gefiel, beschlossen sie, den ganzen Sommer auf der Insel zu verbringen. Wir hatten eine wunderbare Zeit, haben viel gelacht und waren glücklich." Er holt Luft.

„Irgendwann kam deine Mutter zu mir und hat mir gesagt, dass sie schwanger ist. Sie war vollkommen aufgelöst, genau wie ich, denn das Ganze war ungeplant und kam sehr überraschend für uns beide.

Wir hatten nicht richtig aufgepasst und auf einmal sollten wir Eltern werden. Wir waren jung, sehr jung, aber deine Mutter hat kein einziges Mal darüber nachgedacht, dich nicht zu bekommen. Sie war stark und bereit, der Herausforderung gewachsen.

Ich hingegen war überfordert und fühlte mich bei weitem nicht bereit dazu, Vater zu werden. Ich teilte ihr meine Sorgen mit und sie versuchte mir zu helfen, mir meine Ängste zu nehmen. Doch es wurde immer schlimmer, ich bekam Panik, woran der Einfluss meiner damaligen Freunde sicher nicht unschuldig war. Wir gerieten in einen heftigen Streit." Er hält sich die Hand vor die Augen und verzieht schmerzhaft das Gesicht.

„Wir haben uns schreckliche Dinge an den Kopf geworfen, doch trotz allem war deine Mutter bereit, mir zu verzeihen. Aber ich brauchte Zeit und wollte eine Pause und als ich ihr das sagte, da verließen sie und Susan sofort die Insel."

Er macht eine Pause und Tränen rollen ihm über die Wange. Auch ich muss mit den Tränen kämpfen. Er nimmt das Fotoalbum in die Hand, streicht darüber und fährt fort.

„Susan hatte eine analoge Kamera dabei und hat immer wieder Fotos von uns gemacht, meistens, als wir es nicht bemerkten. Als sie die Insel verließen kam Susan davor zu mir und gab mir den Film ihrer Kamera. Sie sagte: „Ich hoffe, du weißt, was du tust!"

Sie hoffte wahrscheinlich, mich mit den Fotos umzustimmen, aber ich war jung und hatte keine Ahnung."

Er reicht mir das Fotoalbum. „Hier, sieh es dir ruhig an." Ich greife nach dem Fotoalbum und blättere es durch. Es sind Fotos auf denen die beiden Lachen, sich Küssen, nebeneinander Schlafen und vor allem glücklich aussehen.

Ich bin hin und her gerissen und weiß nicht, was ich denken soll. Ich kenne jetzt die Geschichte meiner Eltern, aber mir fallen auch meine eigenen Wunden ein, von Ereignissen, bei denen er nicht dabei war.

„Warum hast du mich nie besucht?", frage ich ihn. „ich weiß, als ich jünger war, wollte Mum das nicht, aber ich war ja nicht immer klein."

Er sieht mich an, dann schaut er auf den Boden. „Ich wollte", sagt er, „aber ich konnte nicht. Ich war da, im Krankenhaus, als du geboren wurdest. Ich war da, als du eingeschult wurdest und ich war da, als du dir am Wunschtag in der Schule gewünscht hast, deinen Vater zu sehen. Aber ich bin nie zu dir gekommen, du hast mich nie gesehen."

Mir laufen die Tränen das Gesicht hinunter und mein Hals ist trocken. „Aber warum hast du dich mir nie gezeigt? Warum? Ich hätte dich niemals gehasst, ich wäre der glücklichste Mensch der Welt gewesen. Mein ganzes Leben hat mir ein Teil gefehlt, ich war auf jedes Kind neidisch, das einen Vater hatte. Du bist ein Feigling!"

Ich drehe mich von meinem Vater weg. Der ganze Schmerz, den ich all die Jahre verspürte, wenn ich an meinen Vater dachte, ist zurück.

Er legt mir die Hand auf die Schulter und diesmal schüttele ich sie nicht ab, wie ich es bei Riley tat. Er nimmt mich in den Arm und flüstert:

„Es tut mir so leid Stella, es tut mir so leid."

Eine Weile bleiben wir so sitzen, dann löse ich mich vorsichtig.

„Gab es seit Mum eigentlich wieder eine Frau in deinem Leben?", frage ich meinen Dad.

„Nein", sagt er und schweigt eine Weile. „Es gab keine Frau, die mit ihr mithalten konnte. Hat sie...?"

„Nein", antworte ich, „Sie hat und hatte nie wirklich einen Freund. Es gab viele die es versucht haben, darunter einige, die echt nett waren, aber sie hat ihnen nie eine Chance gegeben."

Mein Vater lächelt mich an. „Ich bin froh, dass du einfach so vor meiner Tür aufgetaucht bist!", sagt er. „Ich glaube, sonst wären wir uns nicht begegnet und das wäre jammerschade."

Ich lächele zurück und sage frech: „An mir liegts nicht!"

Mein Vater versteht meine scherzhaften Worte, wird aber trotzdem ernst. „Ich verspreche dir, ich werde in Zukunft für dich da sein. Ich weiß, ich kann das, was ich verpasst habe, nicht wieder nachholen, aber für die Zukunft kann ich es anders machen.!"

Ich sage: „Das wäre schön!"

Mein Vater räuspert sich: „Du weißt, wie sehr ich mich freue, dass du hier bist, aber ich glaube, du bist nicht nur hergekommen, um mich zu besuchen. Ich werde dich auch nicht deswegen ausquetschen. Ich weiß, es hat etwas mit deiner Mutter zu tun, denn das hast du selbst angedeutet.

Ich möchte dir nur sagen, wenn du mit mir reden möchtest, dann tu das gerne. Und falls du sauer auf deine Mutter bist, Mütter wollen immer nur das Beste für ihre Kinder, sodass sie sich selbst hintenanstellen und nicht immer sehen, was das Richtige für das Kind und für sie ist. Sei nicht zu hart mit ihr, sie liebt dich."

„Ich weiß Dad, ich brauche einfach nur ein bisschen Abstand", seufze ich.

„Gut, lass uns das Thema wechseln", sagt mein Vater, „wie wäre es, wenn wir eine kleine Tour mit dem Boot machen? Wenn die Sonne untergeht ist das Licht immer besonders schön.

„Das wäre fantastisch!", sage ich.

Kurz darauf sitzen wir in Dads Boot und fahren aufs Meer hinaus. Das Licht ist märchenhaft, taucht Himmel und Wasser in ein Farbenmeer aus Rot, Lila, Pink, Gold und Orange. In der Ferne sehen wir Delfine springen und hinter uns leuchtet der Abendstern.

Am nächsten Morgen wache ich schon sehr früh auf, wahrscheinlich aus Aufregung. Ich habe noch einen halben Tag Zeit bis zu dem Date mit Riley und um die Zeit schneller herumzukriegen, gehe ich Joggen.

Danach gehe ich duschen und dann in die Küche, um etwas zu essen. Dort treffe ich meinen Vater, der frühstückt und wie immer die Zeitung liest.

„Morgen Dad", sage ich gutgelaunt.

„Guten Morgen Stella", sagt er und lächelt mich über seine Zeitung hinüber an. Er scheint auch in guter Stimmung zu sein, ein guter Moment also, um ihm von meinen Plänen zu erzählen.

„Du Dad", sage ich und er sieht mich an. „Um zwei treffe ich mich hier mit einer Freundin. Wir wollen etwas unternehmen und es wird den ganzen Tag dauern. Es kann gut sein, dass ich erst spät wieder zurückkomme."

„Okay", sagt mein Dad, „Kenne ich diese Freundin?" Ich nicke. „Ja, sie ist das Mädchen, das Charles im Garten hilft, Riley."

„Ahh, ja, ich weiß wer sie ist. Wo wollt ihr denn hingehen?"

Ich überlege, aber wohin es gehen soll hat Riley nie erwähnt. Ich weiß es nicht.

„Oh, das wissen wir noch nicht genau. Riley hatte irgendeine Idee, aber ich habe vergessen, was sie gesagt hat."

Danach reden wir nicht weiter, mein Vater liest Zeitung und trinkt nebenbei seinen Kaffee und ich esse.

Ich sehe auf die Uhr. Es ist zwölf, in zwei Stunden bin ich mit Riley verabredet. Zum Fertigmachen brauche ich höchstens eine Stunde, das heißt, ich habe noch Zeit. Die verbringe ich in meinem Zimmer und lese ein Buch.

Irgendwann schrecke ich hoch. Beim Lesen habe ich die Zeit völlig vergessen. Hoffentlich bin ich jetzt nicht zu knapp dran. Puh, Glück gehabt, bis zwei Uhr sind es noch 45 Minuten und das reicht locker.

Ich gehe ins Bad und schminke mich. Nicht dolle, denn ich will natürlich aussehen. Ein bisschen Rouge, Mascara und Lipgloss, dann bin ich damit fertig. Die Haare binde ich in einem hohen Zopf zusammen.

Jetzt kommt der schwierigere Teil: Mein Outfit. Auch damit will ich eher schlicht sein, aber trotzdem besonders. Nach kurzem Überlegen ist meine Wahl getroffen. Ich ziehe meinen grünen Minirock und ein einfaches, weißes Top mit dem Logo meiner Lieblingsband, Pink Floyd, an.

Ich sehe auf die Uhr: 13:57, allmählich wird es Zeit. Ich nehme mir eine leichte Jacke zum Überziehen mit und eine kleine Tasche, in die ich meinen Geldbeutel tue. Dann gehe ich nach unten, sage meinem Vater auf Wiedersehen und gehe in den Garten.

Von weitem sehe ich Riley, die mit dem Rücken zu mir unter einem Baum sitzt und auf mich wartet. Ich gehe auf sie zu, das Herz klopft mir bis zum Hals. Als sie mich kommen hört, steht sie auf und dreht sich um. Kurz vor ihr bleibe ich stehen.

„Hi", bringe ich hervor.

„Hey", sagt Riley lässig.

Ihre Unsicherheit von unserer letzten Unterhaltung ist gänzlich verschwunden, stattdessen strahlt sie Selbstbewusstsein aus. Ich sehe sie mir genauer an. Auch sie hat sich Mühe mit ihrem Outfit gegeben. Ihre Haare sind zu zwei Braids geflochten und darüber trägt sie eine Cap. Sie hat ein rot-weißes, enges T-Shirt an und dazu Basketball-Shorts. Was dabei nicht fehlen darf sind ihre blau-weiß-roten Jordans.

Riley sieht mich lange an. Dann sagt sie: „Du siehst wunderschön aus!"

Ich lächle nervös und werde rot, als ich sage. „Du auch."

Riley lacht und legt mir die Hand auf die Schulter, was einen wohligen Schauer durch meinen Körper jagt.

„Du brauchst nicht nervös sein Stella, alles ist ganz entspannt und ohne Zwang. Komm jetzt, wir haben heute viel vor!"

Ich folge ihr und sie führt mich zu einem kleinen roten Cabrio.

„Ist das deins?", frage ich sie.

„Yes, ist neu", sagt sie und öffnet mir die Beifahrertür.

„Danke", sage ich, „Ist schön."

„Danke", sagt sie und steigt ein. Als wir beide im Auto sitzen holt sie ein Tuch hervor und sieht mich an. Das Auto ist schmal und so nah neben ihr zu sitzen macht mich wieder nervös.

„Ich werde dir jetzt die Augen verbinden", sagt Riley.

Als ich sie fragend ansehe erklärt sie: „Ich will dich überraschen, du sollst nicht sehen, wo wir hinfahren."

Ich zucke die Schultern. „Okay."

Als Riley mir das Bandana umbindet, fühle ich ihren Atem in meinem Nacken und bekomme Gänsehaut. Wir fahren eine Weile und dann führt Riley mich zu Fuß. Ich kann das Meer hören und der Boden wird sandig. Irgendwann bleiben wir stehen und Riley löst meine Augenbinde.

Im ersten Moment bin ich vom Licht geblendet und kann nicht erkennen, wo wir sind. Als sich das wieder legt, kann ich mir die Umgebung genauer ansehen. Vor uns liegt ein schmaler Weg, der zu einem Gebäude am Strand führt und ich sehe mehrere Menschen.

„Wo sind wir hier?", frage ich Riley

„Das hier ist ein beliebter Platz zum Schnorcheln. Viele Touristen kommen hierher und es ist eine echte Sehenswürdigkeit der Insel, da man im Gebiet des Great Barrier Reefs ist. Mittlerweile muss man sich sogar vorher anmelden, weil sonst zu viel Menschen auf einmal da wären."

Ich muss sagen, ich bin beeindruckt. Mir gefällt ihre Idee richtig gut. Dates, bei denen man ins Kino geht und danach etwas isst können toll sein, sind aber nichts gegen ein gemeinsames Erlebnis, bei dem man sich besser kennenlernen kann.

„Und wie hast du so kurzfristig einen Platz für uns bekommen?", frage ich sie, als wir auf das Gebäude, bei dem man sich Schnorchel, Flossen und Neoprenanzüge ausleihen kann, zugehen.

„Ums kurz zu fassen, ich kenne die Leute und bin selbst oft hier. Sie mögen mich und einer von ihnen, Tom, war mir noch etwas schuldig, also war es nicht so schwer."

Wir gehen in das Gebäude, wo die Empfangsdame Riley freundlich begrüßt und uns durchwinkt. Wir gehen in den Teil des Gebäudes, indem sich die Ausrüstung befindet. Dort suchen wir uns das raus, was wir brauchen und schließen uns dann einer Gruppe von Touristen an.

Mit einem kleinen Boot fahren wir ein Stück aufs Meer und Riley erklärt mir, welche besonderen Pflanzen und Tiere in diesem Gebiet leben. Dann ist es so weit und wir gehen endlich ins Wasser. Ich habe Schwierigkeiten damit, meinen Neoprenanzug zuzumachen, aber Riley kommt zu mir und hilft. Ich weiß nicht, ob es Absicht oder Versehen ist, aber als sie den Reißverschluss zuzieht, streicht sie mir sanft über den Rücken hinunter bis zu meiner Taille.

Ich atme tief ein und lasse mich unter die Wasseroberfläche sinken. Ihre Berührung fühle ich noch lange nach.

Riley und ich schnorcheln etwas abseits der Gruppe, dicht beieinander. Ich bin überwältigt von der Vielfalt an unterschiedlichen Farben und Lebewesen, die mich umgeben. Aber es gibt auch Stellen die kahl sind, Spuren des Klimawandels, die immer häufiger und größer werden.

Doch ich kann mich nicht vollständig auf die Natur konzentrieren. Riley, die dicht neben mir taucht, zieht meine Aufmerksamkeit immer wieder auf sich.

Sie scheint im Meer zu Hause zu sein, so geschmeidig wie sie sich bewegt. Sie wirkt eins mit dem Wasser. Ich bleibe ein Stück zurück und beobachte sie.

Als Riley bemerkt, dass ich sie beobachte, dreht sie um und schwimmt auf mich zu, bis wir uns fast berühren. Sie macht ein paar Zeichen mit ihrer Hand, zeigt auf sich und schüttelt den Kopf, dann auf die Natur um uns herum mit einem Daumen hoch. Ich muss lachen, was mit dem Schnorchel nicht gut funktioniert und wende meine Aufmerksamkeit wieder der Natur zu.

Riley führt mich durch das Wasser, von Korallenriff zu Korallenriff, vorbei an alten Wracks und wundersamen Fischen. Einmal sehen wir sogar einen Baby-Hai, vor dem ich mich extrem erschrecke und Riley mich dafür auslacht. Je länger wir tauchen, desto mehr bin ich von der Schönheit und Ruhe unter Wasser in den Bann gezogen.

Als wir mit dem Schnorcheln fertig sind und wieder zu Rileys Auto gehen, kann ich nicht aufhören von dem Erlebnis zu schwärmen. Riley hört mir bereitwillig zu, auch wenn sie das Gleiche gesehen hat. Ihr Gesichtsausdruck ist gelöst und entspannt. Generell wirkt sie heute sehr frei und glücklich, eine andere Seite an ihr, die ihr allerdings fantastisch steht.

Während ich sie also voll rede und wir bei ihrem Auto ankommen, bleibt sie plötzlich so abrupt stehen, dass ich gegen sie laufe. Ich will mich gerade entschuldigen, da dreht sie sich um und drückt ihren Mund auf meinen.

Es ist ein kurzer Kuss und bevor ich es überhaupt realisiere, hat sie sich schon wieder von mir gelöst und steigt ins Auto. Sprachlos steige auch ich ein. Erst sagt keiner etwas, dann reden wir gleichzeitig los.

„Was war das denn?", frage ich Riley.

Sie sagt im gleichen Moment: „Es tut mir leid."

Wir lachen beide nervös. „Du zuerst", sagt Riley.

„Was hatte das gerade zu bedeuten?", frage ich sie vorsichtig.

„Ich weiß nicht", sagt Riley, „Es ist einfach so über mich gekommen. Es tut mir leid, ich hätte das nicht tun sollen, es war dumm. Ich dachte nur...ach egal."

Ich muss sagen, im ersten Moment bin ich geschockt, denn ich habe mich noch nicht bereit gefühlt für so etwas. Ich bin gerade wirklich verwirrt und mich nervt es, dass ich es bin.

Aber was ich weiß ist, dass trotz all der Angst, die ich habe, Rileys Nähe mir guttut und der Kuss irgendetwas in mir ausgelöst hat, so schwer es mir auch fällt, das einzugestehen. Ich sehe sie an und sie schaut zurück, ihren Blick kann ich nicht deuten. Unsere Köpfe nähern sich und kurz bevor unsere Lippen aufeinandertreffen, frage ich mich noch, ob das Ganze eine gute Idee ist.

Aber als sich unsere Lippen berühren und Riley mich ganz vorsichtig küsst und dann abwartet, wie ich reagiere, sind meine Bedenken nichtig und ich schiebe sie in die hintersten Ecken meines Gehirns.

Ich erwidere ihren Kuss und bald darauf habe ich mich ganz darin verloren. So etwas habe ich noch nie gefühlt, es ist so stark, zerrt an jeder Stelle meines Körpers und macht, dass ich mehr will. Dieser Kuss ist nichts, im Vergleich zu denen, die ich davor hatte. Es fühlt sich so echt an, so richtig.

Irgendwann löse ich mich von ihr und sehe nach vorne. Ich habe Angst und die lässt sich nicht einfach ausblenden, so richtig es sich auch anfühlen mag. Ich starre nach vorne und mein Blick wird trüb, durch die Tränen, die plötzlich fließen wie ein Wasserfall. Ich schluchze und Riley nimmt mich in den Arm. Sie hält mich fest und sagt mir, dass alles gut wird, bis alle Tränen aufgebraucht sind. Trotzdem löse ich mich nicht aus ihrer Umarmung, denn sie gibt mir halt.

Riley spricht in mein Haar: „Falls es dir hilft, mir ging es am Anfang genauso."

„Bleibt es immer so schlimm?", frage ich sie.

Sie löst sich von mir und dreht meinen Kopf zu ihr, sodass ich ihr in die Augen sehen muss.

„Gib dir selbst Zeit Stella", sagt sie. „Die Akzeptanz kommt nicht über Nacht."

Mir steigen wieder Tränen in die Augen und ich will mich wegdrehen, doch sie hält mich davon ab.

„Hey, Hey, sieh mich an."

Ich sehe sie an und in ihrem Blick ist nichts als Zuneigung zu erkennen.

„Du bist nicht alleine Stella, du hast mich! Gemeinsam stehen wir das durch!"

Ich lächle unter Tränen. „Danke", flüstere ich. Riley legt ihre Stirn gegen meine.

„Ich mag dich wirklich sehr Stella", sagt sie.

„Ich weiß", antworte ich und gebe ihr einen Kuss auf die Stirn, was ein nervöses Gefühl in mir auslöst.

Ich kann ihr nicht mit Worten sagen, dass auch ich sie mag. Denn sobald ich meine Gefühle ausspreche gibt es kein Zurück mehr. Ich möchte ihr meine Gefühle erst offenbaren, wenn ich zu ihnen stehen kann. Da ich das aber noch lange nicht tue, sage ich lieber erstmal nichts.

Riley fährt mich wieder nach Hause. Wir haben beschlossen, nicht alles was Riley geplant hatte heute zu machen und uns für morgen Abend verabredet.

Als wir bei uns auf den Hof fahren hält sie nicht direkt vor dem Haus und ich bleibe noch kurz im Auto sitzen.

„Danke für den Tag", sage ich zu Riley, „das Schnorcheln hat mir wirklich gut gefallen."

Sie lächelt. „Ich wusste, dass du es mögen wirst."

Ich muss auch Lächeln. Riley scheint ein Gespür für Menschen zu haben, oder zumindest für mich.

Ich will gerade aus dem Auto aussteigen, da fällt mir noch etwas ein.

„Du Riley, könnten wir das mit uns, was auch immer es ist, erstmal für uns behalten? Mein Vater weiß noch nichts davon und ich brauche selbst noch Zeit, um mir über alles klar zu werden."

„Natürlich, ich werde nicht darüber sprechen. Gerade wenn dein Vater noch nichts von alledem weiß. Es ist deine Entscheidung, wann du ihm davon erzählst."

Mein Herz wird schwer und ich sehe zum Haus meines Vaters, das mittlerweile ein Zuhause für mich geworden ist. Es ist zwar meine Entscheidung, wann ich ihm davon erzähle, aber seine Reaktion kann ich nicht beeinflussen. Riley bemerkt meinen Blick und sagt: „Ich glaube nicht, dass dein Vater ein Problem damit hätte, falls dich das beruhigt. Auf mich wirkt er sehr weltoffen und tolerant. Ein bisschen kauzig und merkwürdig manchmal, aber sehr liebevoll."

Ich lächle. „Ja, das hat Troy auch gesagt. Bis Morgen dann!", sage ich und wende mich zum Gehen.

„Hey Stella!", ruft Riley mir nach. Ich blicke über meine Schulter zu ihr und sehe sie fragend an. Mit einem fetten Grinsen im Gesicht formt sie mit beiden Händen ein Sprachrohr und tut so, als würde sie schreien, flüstert aber: „Ich hätte nicht gedacht, dass du so gut küssen kannst!"

Dann fährt sie weg und ich lache und verdrehe die Augen. Da ist sie wieder, die gute alte Riley, die kein Blatt vor den Mund nimmt und vor Selbstsicherheit nur so strotzt. Gut gelaunt gehe ich ins Haus und treffe meinen Vater in der Küche.

„Hey Stella, schon wieder da!? Hattet ihr Spaß?"

„Ja", antworte ich meinem Vater, „Wir waren schnorcheln und es war unglaublich!"

Ich setze mich zu ihm an den Tisch und erzähle ihm haargenau, was ich alles gesehen habe. Er hört mir aufmerksam zu und reißt zwischendurch Witze, die so schlecht sind, dass man schon wieder lachen muss. So sitzen wir bis spät in die Nacht da, lachend und erzählend.

Kapitel 6

Der nächste Tag zieht sich endlos hin und es will einfach nicht Abend werden. Dabei wünsche ich mir nichts sehnlicher als das, und zwar so schnell wie möglich.

Ich habe nichts zu tun, weshalb ich viel in meinen Gedanken bin und mich mit all meinen Zweifeln und Ängsten herumschlagen muss. Und dagegen hilft nur Rileys Nähe, denn wenn ich bei ihr bin, vergesse ich alles.

Als es dann endlich so weit ist und ich mich fertigmache, bin ich schon ganz hibbelig. Riley hat mir eine Nachricht geschickt und mich gebeten eine Decke und bequeme Kleidung mitzunehmen, aber auch Badesachen. Ich frage mich wirklich, was sie sich für heute überlegt hat.

Als ich von draußen eine Hupe höre, das Zeichen, dass sie da ist, renne ich freudig nach unten. Ich trage kein Make-up, trage einen einfachen blauen Tracksuit und in der Hand halte ich eine Kuscheldecke. Aber Riley sieht mich an, als würde ich ein Ballkleid tragen. Ich steige zu ihr ins Auto und gebe ihr zur Begrüßung einen Kuss auf die Wange. Sie runzelt die Stirn.

„Du hast aber gute Laune", kommentiert sie meine Begrüßung.

Ich strahle und frage neugierig: „Und, was machen wir jetzt?"

Riley sieht mich geheimnisvoll an und setzt an: „Wir werden..."

Gespannt sehe ich sie an. Sie schaut intensiv zurück und fuchtelt mit den Armen herum. Dann sieht sie nach vorne und sagt trocken, die Spannung zerstörend: „Wir werden heute etwas ganz tolles unternehmen und es wird dir sehr gefallen."

Als sie meinen Schmollmund und den Hundeblick sieht, lacht sie schallend und fährt los. Nachdem wir eine Weile gefahren sind, hält Riley den Wagen an einem Feldweg und steigt aus.

„Endstation!", ruft sie mir zu.

Ich steige ebenfalls aus und sehe mich um. Weit und breit nichts zu sehen.

„Was wollen wir denn hier?", frage ich Riley, „hier ist doch nichts."

„Wir sind ja auch noch nicht da", antwortet sie. „Komm her und hilf mir mal."

Ich gehe zu Riley, die am Kofferraum ihres Autos steht und nehme das entgegen, was sie mir reicht:

Eine Picknickdecke, ein Rucksack, zwei Decken, ein Korb.

Plötzlich weiß ich, was sie vorhat und ich bin gerührt. „Oh Riley das ist so süß!"

Sie sieht mich an und zeigt mir, was ich tragen soll.

„Nicht zu viel Schleim und Rotz bitte, ich rutsche gleich aus."

Ich verdrehe die Augen, muss aber grinsen, da ich weiß, dass das alles nur Fassade ist. Schon lustig, wie sie versucht zu verbergen, wie sie sich über meine Worte gefreut hat.

Ich stelle mich hinter sie und flüstere ihr so leise ins Ohr, dass es kaum zu hören ist.

„Würdest du das auch sagen, wenn ich dir sagen würde, dass ich weiß, wie du mich ansiehst und ich mir wünsche, du würdest jede Stelle meines Körpers berühren und küssen."

Ich bin mir der Wirkung meiner Worte bewusst und daher nicht verwundert, als Riley nach Luft schnappt.

Als sie sich aber umdreht und mich am Bauch kitzelt, bis ich mich vor Lachen winde, bin ich doch überrascht. Irgendwann hält sie inne und flüstert mir ins Ohr:

„Sei vorsichtig was du sagst, sonst mache ich es vielleicht wirklich." Ihre Augen blitzen.

Wir folgen einem schmalen Weg, der sich in Kurven den Hang hinunter zum Strand windet und landen irgendwann in einer kleinen Bucht. Außer uns ist niemand dort und Riley seufzt zufrieden. „Da wären wir."

„Es ist wunderschön hier", sage ich und stelle den Korb ab. Ich ziehe meine Schuhe aus und wate ins Wasser. Das Licht der Dämmerung und die langsam untergehende Sonne tauchen die gesamte Bucht in ein magisches Licht und das Meer verfärbt sich rot und golden, wie die Sonne.

Ich gehe zurück zu Riley, die die Decke auf dem Sand ausgebreitet hat und den Korb auspackt. Ich setze mich zu ihr und helfe. In dem Korb befinden sich lauter Leckereien und mein Magen knurrt bei dem Anblick. Riley lacht.

„Was ein Glück, dass ich Essen mitgebracht habe."

Ich grinse und schnappe mir ein Stück Wassermelone. „Allerdings."

„Hey, noch nicht anfangen!", sagt Riley, „erst müssen wir alles ausräumen."

Sie ordnet das Essen sorgfältig und ich muss mich zusammenreißen, damit ich nicht einfach anfange. Es gibt Melone, Brötchen, Aufstrich, Nudel- und Kartoffelsalat, rohes Gemüse und einen Dip dazu, Tomate Mozzarella und noch ein Paar andere Sachen. Als alles aufgebaut ist, holt Riley noch eine Musikbox aus ihrem Rucksack und macht im Hintergrund ruhige Musik an. Dann setzt sie sich entspannt hin und sagt: „So, jetzt können wir anfangen."

Das lasse ich mir nicht zweimal sagen und fange an, das Essen in mich hineinzuschaufeln. Draußen in der Natur zu essen ist etwas Schönes, besonders an einem so ungestörten Ort und mit Riley neben mir. Nachdem ich mich satt gegessen habe, reibe ich mir zufrieden den Bauch, was Riley zum Lachen bringt. Mittlerweile ist die Sonne schon fast untergegangen und sie schlägt vor, Baden zu gehen, da es laut ihr bei dieser Tageszeit am schönsten ist.

Erst habe ich keine Lust, lasse mich dann aber überreden.

„Wenn ich untergehe, weil ich zu viel gegessen habe bist du schuld", sage ich drohend.

Sie zuckt nur mit den Schultern und sagt: „Ist nicht mein Problem, dass du so viel gegessen hast."

Sie zieht ihr T-Shirt aus.

„Willst du dich nicht auch umziehen?", fragt sie mich.

„Ähm, ja klar", sage ich und versuche meinen Blick von ihrem Oberkörper zu reißen. Dann schnappe ich mir meinen Bikini und suche mir einen Platz, an dem ich mich ungestört umziehen kann, aber verdammt, an diesem Strand ist nichts, wohinter man sich verstecken könnte.

„Du kannst dich hier umziehen", sagt Riley, „ich verspreche, dass ich nicht hingucke!"

Ich seufze. Mir bleibt wohl nichts anderes übrig. Schnell ziehe ich mich um und behalte Riley dabei die ganze Zeit im Auge. Als ich fertig bin sage ich: „Du kannst wieder gucken, ich bin fertig."

Sie dreht sich zu mir um und lässt ihren Blick über meinen Körper gleiten. Ich suche in ihrem Gesicht nach Reaktionen auf das, was sie sieht, erkenne aber nichts, das etwas aussagt.

„Was ist?", sage ich, „kommst du jetzt?"

Riley scheint aus ihrer Starre zu erwachen und läuft los. Irgendwann fängt sie an zu rennen und als sie am Wasser angekommen ist, stürzt sie sich in die Fluten. Ich gehe langsam hinterher und beobachte sie mit einem Lächeln. Ich habe es mir eben nicht anmerken lassen, aber sie sieht unglaublich gut im Bikini aus. Ich habe ihre Figur zum ersten Mal richtig erkennen können und ich war hingerissen.

Als ich mit meinen Füßen das Wasser berühre, quieke ich laut, überrascht davon, wie kalt es ist. Riley taucht aus den Wellen auf und spritzt mich nass. Sie lacht. Ich will wegrennen, aber sie ist schneller und fasst mich an der Taille. Sie zieht mich mit sich ins Wasser und gemeinsam tauchen wir unter. Für eine Weile bleibe ich unter Wasser, dann tauche ich auf und stürze mich auf Riley.

Schon bald sind wir in eine wilde Wasserschlacht verwickelt. Das geht so lange, bis ich auf der Flucht vor Riley in Richtung Strand renne und sie sich im flachen Wasser auf mich stürzt, um mich zu stoppen und wir auf einmal aufeinander liegen. Wir drehen uns so, dass wir uns in die Augen sehen können und eine Zeit lang liegen wir einfach nur so da und sehen uns an. Bald halte ich es nicht mehr aus und küsse sie stürmisch. Sie erwidert meinen Kuss und für ein Weile verschwindet die Welt um mich herum. Ich spüre nur noch Rileys Mund auf meinem, ihren warmen Körper an mir und die Wellen um uns herum.

Irgendwann - viel zu früh – löst Riley sich von mir. Mittlerweile ist es dunkel geworden.

„Lass uns aus dem Wasser gehen", sagt Riley mit rauer Stimme, „es wird langsam kalt."

Erst da merke ich, wie frisch es geworden ist. Bibbernd gehe ich aus dem Wasser und renne zu unserer Decke, um mich in ein Handtuch gewickelt aufzuwärmen.

Riley schlägt vor ein Feuer zu machen und so suchen wir nach Feuerholz. Als wir genug beisammenhaben und das Feuer nach mehreren vergeblichen Versuchen endlich brennt, setze ich mich dicht an Riley, damit wir uns wärmen können.

Sie legt einen Arm um mich und zieht mich dichter an sich heran. Ich rutsche näher und setze mich zwischen ihre Beine. Sie bedeckt meinen Nacken mit federleichten Küssen, was meinen ganzen Körper unter Strom setzt.

Wenn ich auf solche Kleinigkeiten schon so empfindlich reagiere, wie wird es sein, wenn wir mehr machen?

Ich sehe hinauf in den Himmel. Die Nacht ist klar und die Sterne funkeln über uns. Plötzlich fällt mir auf, wie klein wir sind. Und je länger ich in den Nachthimmel sehe, desto kleiner und nichtiger komme ich mir vor. Und wenn ich so klein und nichtig bin, dann sind es meine Probleme und Ängste auch, verglichen mit dem, was außer uns noch da draußen ist.

Ich setze mich auf und drehe mich zu Riley um. In mir breitet sich ein unbeschreibliches Glücksgefühl aus und ohne darüber nachzudenken drücke ich Riley nach hinten und küsse sie mit viel Leidenschaft. Überrascht schnappt sie nach Luft. Dann zieht sie mich an sich und liebkost meinen Mund mit ihrem. Dabei drückt sie mich auf den Boden und legt sich über mich. Ihre Hände wandern über meinen Oberkörper und an meinem Rücken entlang.

„Dein Körper ist unglaublich", flüstert Riley mir zwischen zwei Küssen zu.

Ich muss lächeln und sage in ihren Mund: „Freut mich, dass dir gefällt, was du siehst."

Sie löst sich für eine Sekunde von mir und sieht mir in die Augen. Mir schwirrt der Kopf.

„Und wie", sagt sie, „wenn du wüsstest was du mit mir machst..."

„Dann was?", frage ich frech. Als Antwort küsst sie mich erneut, heftiger und verlangender als zuvor.

Ihre Hand bewegt sich weiter nach unten zur Innenseite meiner Schenkel, wo sie verharrt und kreisende Bewegungen macht. Ich keuche auf und grabe meine Fingernägel in ihren Rücken. Sie stöhnt zufrieden auf.

Viel weiter gehen wir nicht, aber es kommt mir vor, als wäre eine Ewigkeit vergangen, als wir uns voneinander lösen. Außer Atem setzen wir uns hin.

„Hast du sowas schon oft gemacht?", frage ich Riley. Sie zuckt mit den Schultern.

„Mit Mädchen weniger, mit Jungs schon. Allerdings ging es mir mehr darum, Spaß zu haben, als um Gefühle."

„Und jetzt?", sage ich vorsichtig, „Ist das für dich jetzt auch nur zum Spaß?"

Riley sieht mich an. „Nein, mit dir ist es anders."

Ich muss lächeln, weil mich das glücklich macht. Dann werde ich wieder ernst. „Und wie geht es jetzt mit uns weiter?"

„Das liegt an dir", sagt Riley. „Ich mag dich wirklich sehr und wäre gerne deine feste Freundin, mit allem Drum und Dran, aber wenn du das nicht möchtest oder noch nicht bereit dafür bist, dann respektiere ich das natürlich."

Ich denke nach. Riley gibt mir Sicherheit, bei ihr kann ich Ich sein und sie versteht mich. Was immer wir auch tun, mit ihr fühlt sich alles so leicht, so richtig an. Ich brauche sie, damit ich mich traue, zu mir selbst zu stehen. Und bei alle dem habe ich sie wirklich ins Herz geschlossen.

Aber sind das auch romantische Gefühle, genug, um in eine Beziehung zu gehen? Und will ich überhaupt eine Beziehung? Ich bin mir nicht sicher. Wenn es nicht so wäre, dann hätte ich es komisch finden müssen, sie zu küssen. Aber als wir uns geküsst haben, da wollte ich es auch. Ich war voller Verlangen und mein ganzer Körper war wie unter Strom.

Ich sehe sie an, wie sie im Sand liegt und den Sternenhimmel betrachtet. Ich sehe auch nach oben und genau in dem Moment sehe ich eine Sternschnuppe, die hellste, die ich je in meinem Leben gesehen habe.

„Hast du das gesehen?", frage ich Riley.

„Ja", haucht sie. Eine Weile sagen wir beide nichts, dann durchbricht Riley die Stille und sagt: „Und?"

Ich weiß genau wovon sie redet.

„Ich mag dich auch sehr gerne", sage ich leise. „Ich weiß nur noch nicht, wie ich meine Gefühle deuten soll." Kurz bin ich still, dann sage ich: „Aber ich würde es gerne herausfinden."

Ich sehe sie an. „Ich werde dir dabei helfen", sagt sie. „Und ich werde dich nicht bedrängen, falls du etwas nicht möchtest. Wir werden alles Schritt für Schritt und ganz langsam angehen, okay?"

„Ja", sage ich, „so machen wir es. Aber können wir es erstmal für uns behalten? Wenigstens, bis ich meinem Vater von uns erzählt habe?"

Riley kommt zu mir und nimmt mich in den Arm.

„Keine Sorge Stels, ich behalte es für mich", murmelt sie. Dann grinst sie und sagt: „So schwer es mir auch fällt, denn ich bin ganz schön stolz, ein Mädchen wie dich an meiner Seite zu haben."

Mir wird warm bei ihren Worten. „Danke Riley! Danke für alles, für dein Verständnis und dein Vertrauen. Ich bin froh dich zu haben."

Als Antwort gibt sie mir einen Kuss auf die Haare.

Das Feuer, das wir gemacht haben, ist fast hinunter gebrannt, doch die Nacht ist warm und so machen wir uns nicht die Mühe, es wieder anzufachen. Wir legen uns nebeneinander auf die Picknickdecke und decken uns mit meiner Kuscheldecke zu. Gemeinsam betrachten wir den Sternenhimmel. Ab und zu erklärt mir Riley etwas über die einzelnen Sternbilder und zwischendurch erzählen wir kleine Geschichten über uns selbst, um uns besser kennenzulernen.

In den nächsten Wochen treffen Riley und ich uns oft im Verborgenen. Wir gehen zu abgeschiedenen Buchten, machen Wanderungen oder Bootstouren. Oft treffen wir uns auch einfach zum Chillen bei mir oder ihr zu Hause. Bei ihr ist es am entspanntesten, denn sie wohnt allein und so sind wir ungestört und können machen, was wir wollen. Bei mir gibt es immer mal wieder komische Situationen wie, als wir in der Hängematte kuscheln und auf einmal Charles vorbeiläuft, oder, als mein Vater mit uns grillt und wir den ganzen Abend so tun müssen, als wären wir nichts weiter als gute Freundinnen.

Das entpuppt sich schwerer als gedacht, denn kleine Berührungen hier und da, oder ein Kuss, sind mittlerweile normal für uns und das dann wegzulassen benötigt viel Selbstbeherrschung.

Generell läuft es sehr gut mit uns und wir werden immer mehr zu einem eingespielten Team. Wir ergänzen uns sehr gut, ich kann mit ihr super reden, weil sie mir immer zuhört und mich versteht und trotz ihren schwierigen Seiten, schließe ich sie mit jedem Tag mehr ins Herz. Sie ist mein „Normal" geworden und ich weiß nicht mehr, wie es sich ohne dieses Normal anfühlt, auch wenn es ein geheimes Normal ist. Doch ich liebe unser Versteckspiel und, dass keiner von unserer Liebe weiß. Es macht alles besonderer und aufregender. Außerdem bin ich noch nicht bereit dafür, aller Welt zu erzählen, dass ich nicht so ticke wie die Mehrheit, wenn es darum geht, wen ich liebe.

Oft sehen wir uns auch, nachdem Riley mit Charles im Garten gearbeitet hat. Manchmal helfe ich ihnen auch und wenn Charles mal nicht hinsieht, flirten wir hemmungslos.

Abgesehen von Riley hänge ich auch oft mit Madi und Lili, oder Troy ab. Mit Madi und Lili bin ich meistens am Strand oder im Dorf. Einmal machen wir mit dem Boot von Lilis Familie eine zweitägige Tour am Festland, was sehr lustig ist und dazu führt, dass wir noch enger zusammenwachsen. Die beiden sind meine besten Freundinnen auf der Insel und wenn wir unterwegs sind, fühle ich mich so, als wären wir wie die Mädchen von Mean-Girls, nur einer weniger und nicht so gemein.

Troy sehe ich, wenn wir mit der Clique am Strand sind, oder auf Partys gehen, aber ein paar Mal treffen wir uns auch zu zweit. Einmal zeigt Troy mir eine unbekannte Stelle auf der Insel, an der man besonders viele Korallen und Meerestiere sehen kann, ein anderes Mal nimmt er mich zum Nightmarket nach Townsville mit, und weil wir da sind, bevor er öffnet, wandern wir noch zum Little Crystal Creek.

Ich unternehme gerne etwas mit Troy, weil es mit ihm ein bisschen unkomplizierter ist als mit Lili und Madi. Nichts gegen die beiden, aber drei Mädchen auf einem Haufen können manchmal anstrengend sein.

Meinen Vater lerne ich mit der Zeit immer besser kennen. Ich finde es schade, dass Mum ihn so strikt aus unserem Leben herausgehalten hat, denn ich denke, ich hätte als Kind viel Spaß mit ihm gehabt. Er zeigt mir noch ein paar Dinge aus der Zeit von Mum und ihm und wenn ich wieder zuhause bin, dann werde ich sie bitten, mir auch ihre Version der Geschichte zu erzählen und sie fragen, warum sie mir nie etwas über Dad erzählt hat.

Ich entdecke, dass mein Vater ein leidenschaftlicher Fischer ist und oft morgens um vier Uhr hinausfährt und seine Netze auswirft. Einmal komme ich mit, um zu sehen, was ihn daran so begeistert, aber Fischen ist nicht meine Welt. Mir tun die Tiere immer so leid, wenn sie im Netz zappeln und ich würde sie am liebsten alle wieder ins Wasser werfen. Als ich das meinem Vater erzähle, muss der nur herzlich lachen.

Von Mum und Tristan höre ich nicht viel. Tristan schreibe ich ein-zwei Mal eine kurze Nachricht, in der ich berichte, was ich gerade so mache. Ich habe seinen Brief vor zwei Wochen gelesen und meine Vermutung hat sich bestätigt. In seinem Brief hat Tristan mir seine Liebe gestanden und mich gefragt, ob ich dasselbe fühle. Ich habe ihn daraufhin angerufen und ihn erklärt, dass er wie ein Bruder für mich ist du ich mir nicht mehr zwischen uns vorstellen kann. Seitdem habe ich nicht wirklich etwas von ihm gehört.

Mit Mum telefoniere ich sogar zweimal und wir klären alles, was zwischen uns steht. Ich erkläre ihr, dass ich Zeit für mich selbst und Abstand von meinem Alltag brauche und als ich dann Dad's Brief bekam, die perfekte Gelegenheit fand, dies umzusetzen und gleichzeitig meinen Vater kennenzulernen. Sie zeigt volles Verständnis und erzählt sogar, dass es ihr manchmal genauso ging, als sie jung war und sie freut sich schon darauf, wenn ich wieder nach Hause komme. Ich ehrlich gesagt auch, aber ich sage ihr auch, dass ich noch nicht weiß wann ich wiederkomme, denn es gibt hier so viel, was ich ins Herz geschlossen habe. Von Riley erzähle ich nicht, da sie auch nicht fragt, ob es jemanden gibt, den ich mag.

Heute ist der 20. Januar. Riley und ich sind jetzt schon seit fast einem Monat zusammen. Zwar nicht offiziell, aber für mich macht das keinen großen Unterschied.

Mein Handy piept. Es ist eine Nachricht von Madi.

Sie fragt, ob ich heute zum Strand komme. Es gibt eine Beachparty mit Volleyball Turnier und alle werden dort sein. Ich sage zu. Eine Party kann ich mir schlecht entgehen lassen.

Ich frage Riley, ob sie auch kommt, aber sie antwortet verhalten: mal gucken.

Ich verdrehe die Augen. Typisch Riley. Letztendlich wird sie kommen, weil sie es hasst, wenn Jungs auf Partys mit mir flirten, selbst wenn ich nie darauf eingehe. Das will sie schön im Auge behalten.

Der Tag geht schnell vorbei und nach dem Mittagessen mache ich mich auch schon fertig. Ich ziehe einfach meine normalen Strandsachen an: Bikini, Shorts und ein luftiges Oberteil. Ich packe noch eine Jacke ein, falls es kalt wird, dann nehme ich meine Tasche und gehe los. Madi hat angeboten, mich abzuholen, aber der Strand, an dem die Party stattfindet, ist nicht weit von meinem Dad entfernt und deshalb laufe ich zu Fuß am Wasser entlang dorthin.

Als ich ankomme höre ich laute Musik, überall sind Leute und ich komme an einem Volleyballfeld vorbei, wo schon ein Match in vollem Gange ist. Der Strand hat sich in eine kleine Partymeile verwandelt und ich komme mir vor wie beim Spring Break in Daytona Beach.

Ich suche Madi und die anderen und finde sie etwas abseits neben einem der Volleyballfelder.

„Heyy Stella", sagt Madi und kommt auf mich zu. Wir umarmen uns. Ich gehe mit ihr zu den anderen.

„Hi Leute", sage ich. Von einigen kommt ein „Hey" zurück, von anderen nichts. Ich lege mein Handtuch neben das von Madi und lasse mich von der Sonne bräunen. Irgendwann kommt Lili noch dazu und ich lasse mich von dem Gespräch der beiden berieseln. Bald binden sie mich in ihr Gespräch ein und überreden mich dazu, mit ihnen Volleyball zu spielen. Das ist lustiger als gedacht, weil einige, inklusive Madi und Lili, leicht betrunken sind.

Nach dem dritten Spiel entdecke ich Riley, die am Rande unseres Feldes steht und zusieht. Als sich unsere Blicke treffen und ich sie fragend ansehe, winkt sie mich zu sich. Ich entschuldige mich bei den anderen und sage, dass ich kurz was trinken gehe. Dann laufe ich Riley hinterher, die hinter eine der Buden, bei denen man Alkohol kaufen kann, verschwindet. Ich will sie gerade fragen, was denn los ist, als sie mich gegen die Wand der Bude drückt und küsst. Im ersten Moment bin ich ein wenig überrumpelt und schiebe sie von mir weg.

„Was, wenn uns jemand sieht", sage ich hektisch und sehe mich um.

„Beruhig dich", sagt Riley leicht genervt, „hier wird uns keiner sehen. Und wenn schon."

Sie küsst mich erneut und dieses Mal erwidere ich ihren Kuss.

„Ich habe dich vermisst", sagt Riley.

„Du hast mich doch erst gestern Abend gesehen", sage ich grinsend zwischen zwei Küssen.

„Ja, aber von dir kann ich nie genug bekommen", antwortet Riley.

Wir stehen da und küssen uns, was uns die Welt um uns herum vergessen lässt. Umso erschrockener fahren wir auseinander, als wir eine bekannte Stimme hören.

„Na sieh mal einer an!"

Wir drehen uns um, um zu sehen wer uns unterbricht und als ich die Person erkenne, keuche ich erschrocken auf und Riley ballt die Hände zu Fäusten. Verdammt! Den Typ hatte ich schon ganz verdrängt.

„Schön lächeln!", sagt Adam, als er mit seinem Handy ein weiteres Foto von uns macht.

„Lösch sofort das Foto!", sagt Riley wütend.

„Habe ich da wohl etwas geheimes entdeckt?", sagt Adam und tut ganz bestürzt. Gespielt bedauernd sagt er: „Das tut mir aber leid."

„Was willst du Adam?", frage ich ihn mit zusammen gebissenen Zähnen.

„Oho, ihr kommt gleich zur Sache", sagt er und lacht. „Was ich will? Nun ja, es gibt so einiges was Riley mir genommen hat, als sie uns unterbrochen hat."

Er zwinkert mir zu und ich verziehe angeekelt das Gesicht.

„Nicht nur notgeil zurückgelassen wurde ich, mir wurde sogar verboten, mit meinen Freunden in Kontakt zu treten."

„Komm zum Punkt!", sagt Riley grimmig.

„Wenn ihr nicht wollt, dass ich euer kleines Geheimnis für mich behalte, dann lasst mich wieder in die Clique."

„Vergiss es!", sagt Riley.

Grinsend hebt Adam sein Handy. „Ein Klick reicht und alle eure Freunde haben das Foto. Wie die das wohl finden?"

Sein Finger schwebt über der Taste und ich bekomme Panik.

„Riley, bitte!", flehe ich sie an.

Sie scheint mit sich zu ringen, sagt dann aber: „Okay, gut. Aber wenn du auch nur ein Mädchen anfasst, dann ist es aus und das Foto spielt keine Rolle mehr."

Sie sieht ihn böse an, bis er weg geht.

Nachdem Adam gegangen ist hat Riley schlechte Laune. Sie betont immer wieder, dass es nichts mit mir zu tun hat, aber da bin ich mir nicht so sicher. Ich glaube, sie hätte lieber unsere Beziehung auf diese Art öffentlich gemacht, als Adam wieder in die Clique zu lassen.

Ich kann sie deswegen auch verstehen und ganz wohl ist mir bei der Sache auch nicht, aber umso dankbarer bin ich, dass sie es nicht getan hat. Es zeigt, wieviel ihr an mir liegt.

Irgendwann sagt Riley, dass sie nach Hause muss und geht. Enttäuscht gehe ich zurück zu den anderen. So hatte ich mir den Tag nicht vorgestellt.

Um neun Uhr habe ich keine Lust mehr und will nach Hause gehen. Weil es schon dunkel ist und er auch nach Hause möchte, bietet Troy an, mich mitzunehmen, damit ich nicht laufen muss.

Ich verabschiede mich von Madi und Lili, dann gehe ich mit Troy zu seinem Auto. Als sich Troy und Madi verabschieden gibt er ihr einen Kuss auf die Wange, woraufhin beide nervös wirken und nicht wissen, was sie sagen sollen. Ich muss mir ein Lachen verkneifen. So süß, die beiden. Wann sie wohl zusammenkommen?

Als wir im Auto sitzen frage ich ihn danach. „Und, wie läufts mit Madi?"

Er hustet. „Was soll mit Madi sein? Da ist nichts!"

„Und was war das gerade mit dem Kuss auf der Wange?", füge ich hinzu.

„Wir sind nur Freunde! Wirklich!", beteuert er.

„Ach komm", sage ich und sehe ich belehrend an. „Mir brauchst du nichts vormachen. Ich sehe doch die Blicke zwischen euch. Frag sie endlich nach einem Date!"

Er sieht mich kurz schüchtern an. „Meinst du?", fragt er hoffnungsvoll.

Ich nicke. „Mit Sicherheit! Madi steht auf dich, das sieht selbst ein Blinder!"

Er lächelt vor sich hin.

„Der Gedanke scheint dir zu gefallen", sage ich und lache.

„Würde ich nicht Auto fahren, würde ich dich jetzt Boxen", sagt Troy, muss sich aber auch ein Grinsen verkneifen.

„Wie siehts eigentlich mit dir aus?", fragt er irgendwann, „Gibt's da jemand, von dem ich wissen sollte?", sagt er und zwinkert mir zu.

„Nein!", sage ich schnell und ohne nachzudenken. „Es gibt niemanden."

„Sicher?", sagt Troy, „nicht mal jemand, den du süß findest?"

„Nein", antworte ich so überzeugt wie möglich und füge leicht genervt hinzu: „ich hab's dir doch schon gesagt."

„Okay okay, ich geb's auf", sagt Troy beschwichtigend. „Aber glauben tue ich es dir nicht. Ich find schon noch heraus, wen du magst Stella."

Er grinst vor sich hin und ich muss lachen. Als wir bei meinem Dad ankommen verabschiede ich mich schnell von Troy und gehe dann ins Haus. Mein Vater sitzt in der Küche und ich sage ihm gute Nacht. Dann gehe ich nach oben und lege mich in mein Bett. Ich checke mein Handy. Keine Nachricht von Riley. Meine Brust zieht sich zusammen. Keine Panik kriegen Stella, ermahne ich mich. Sie ist nicht auf dich sauer, wahrscheinlich schläft sie schon oder ist beschäftigt. So ganz überzeugen mich meine Worte nicht, aber sie helfen. Ich schreibe Riley noch eine gute Nacht Nachricht, dann mache ich mich fertig fürs Bett und gehe schlafen.

Kapitel 7

Am nächsten Morgen gucke ich direkt auf mein Handy, und sehe nach, ob Riley mir geantwortet hat. Keine neue Nachricht. Allmählich wundere ich mich schon ein bisschen, denn sonst antwortet sie mir recht schnell.

Ich gehe nach unten und frühstücke etwas. Mein Vater ist nicht da, wahrscheinlich ist er einkaufen. Nachdem ich etwas gegessen habe, nehme ich mir ein Buch aus dem Bücherregal im Wohnzimmer und setze mich damit auf die Terrasse. Zwischendurch sehe ich immer wieder nach, ob Riley mir eine Nachricht geschickt hat, aber nichts kommt an.

Beim Mittagessen bin ich schlecht gelaunt und antworte nur einsilbig auf die Fragen meines Vaters und gehe danach ohne ein Wort in mein Zimmer und lege mich aufs Bett.

Irgendwann klopft es an der Tür und mein Vater fragt: „Kann ich reinkommen?"

„Ja", antworte ich. Er kommt hinein und setzt sich neben mich aufs Bett.

„Alles in Ordnung bei dir?", fragt er mich.

„Es geht so", sage ich ehrlich.

„Möchtest du darüber reden?", fragt er vorsichtig.

„Nein", sage ich in mein Kissen.

„Okay", antwortet er und steht auf.

Ich denke nach. Vielleicht ist jetzt der Moment, in dem ich meinem Vater alles erzählen kann. Außerdem brauche ich eigentlich jemanden zum Reden.

„Doch", sage ich und setze mich hin. Mein Vater dreht in der Tür um und setzt sich wieder neben mich aufs Bett. Als wir nebeneinandersitzen, fällt mir auf, dass wir genau die gleichen Füße haben und ich muss lachen.

„Warum lachst du?", fragt er mich.

Ich lache wieder. „Unsere Füße sehen genau gleich aus!"

„Stimmt. Ist mir gar nicht aufgefallen!", sagt er und lacht ebenfalls.

„Aber warum bist du denn so schlecht gelaunt?", fragt er dann.

Ich hole Luft. „Das ist eine lange Geschichte."

Er sieht mich an und sagt: „Ich habe Zeit!"

„Okay.", murmle ich, „wo soll ich anfangen...?"

Sag's einfach, sag's einfach!

„Ich bin verliebt", sage ich leise.

„Verliebt?", fragt mein Vater, „Aber das ist doch etwas Schönes, oder nicht? Wer ist denn der Glückliche?"

Ich hole Luft und bereite mich auf jede mögliche Reaktion vor.

„Die Glückliche."

„Ei-ein Mädchen?", hakt er nach, als hätte er Angst, sich verhört zu haben.

„Ja", sage ich, „ein Mädchen."

Er versucht mit allen Mitteln, nicht schockiert oder überrascht zu sein. „Und wie lange seid ihr schon zusammen?"

Ich überlege. „So ungefähr vier Wochen, aber genau weiß ich es nicht."

„Also ist sie von der Insel", sagt mein Vater mehr zu sich selbst.

Ich beschließe, es ihm einfach zu sagen. „Es ist Riley."

Als ich das sage, fällt eine große Last von mir ab, deren Existenz mir nicht einmal bewusst war.

„Riley?!", sagt er und wirkt überrascht. „Das hätte ich nicht gedacht, aber es erklärt, warum sie in letzter Zeit so oft arbeiten wollte und generell so oft hier ist. Sonst hat sie nie von sich aus gefragt, ob es Arbeit gibt."

Ich muss grinsen. „Das klingt nach Riley!", sage ich.

Er lacht leise. „Und jetzt, was ist jetzt mit euch? Warum bist du so traurig?"

„Ich bin nicht wirklich traurig, mehr genervt oder enttäuscht. Du musst wissen, du bist der Einzige, der von uns beiden weiß und wir halten unsere Beziehung geheim. Aber gestern bei der Party, da hat uns jemand gesehen und uns damit gedroht, es allen zu sagen, wenn wir ihn nicht wieder in die Clique lassen. Dieser Junge ist ein Arschloch, das seine Lust nicht kontrollieren kann und deshalb versucht hat, ein Mädchen, ohne ihr Einverständnis zu küssen und auch sonst öfters belästigende Kommentare abgibt. Deswegen wollte Riley ihn machen lassen, denn sie hätte es nicht gestört, dass unsere Beziehung aufgedeckt wird, wenn er dadurch nicht zurückkommen kann."

Ich schlucke, denn mein Hals ist trocken. „Aber ich wollte das nicht, nicht so. Und deshalb hat Riley ihn gehen lassen. Aber sie ist sauer auf mich. Sie meint zwar, es hat nichts mit mir zu tun, aber ich glaube ihr nicht. Besonders, weil sie seit gestern nichtmehr auf meine Nachrichten antwortet."

Mir kommen die Tränen und mein Vater nimmt mich in den Arm.

Ich schluchze. „Und jetzt weiß ich nicht, was ich machen soll. Ich hatte in dem Moment einfach so eine Angst, dass ich nichts anderes wollte, als dass wir ein Geheimnis bleiben. Aber das Adam jetzt wieder unter meinen Freunden ist, das lässt mich auch nicht los. Was soll ich machen Dad, was?"

„Schh", sagt er, „weine nicht. Komm, setz dich mal hin."

Ich wische mir die Tränen aus dem Gesicht und setze mich so hin, dass ich meinem Vater gegenübersitze.

Er sagt: „Riley bedeutet dir sehr viel, habe ich recht?" „Ja", sage ich und nicke.

Er nimmt meine Hand: „Dann fahr zu ihr und rede mit ihr! Klärt das, was zwischen euch steht, damit es euch in Zukunft nicht mehr stören kann. "

„Meinst du?", frage ich unsicher.

„Ja", antwortet mir mein Vater. „Ich kann aus eigener Erfahrung sagen, dass Kommunikation in einer Beziehung unglaublich wichtig ist. Und ihr liebt euch doch, nicht wahr?"

Ich nicke und er sieht mich streng an.

„Dann geh zu ihr und rede mit ihr. Mit Sicherheit habt ihr das schnell geklärt, denn eure Liebe ist stärker als so eine Kleinigkeit. Zeig ihr, dass du sie verstehst und erkläre ihr, wie du dich fühlst. Gemeinsam werdet ihr die beste Lösung für euch finden. Kannst du dich noch an die Geschichte aus meinem Brief erinnern?"

„Ja", sage ich, „warum?"

Mein Vater lächelt. „Denk einfach an diese Geschichte! Auch dort gab es am Ende eine Lösung bei der alle glücklich wurden."

„Danke", sage ich und umarme meinen Vater. Dann stehe ich auf und sage: „Dann mache ich mich mal auf den Weg..."

„Viel Glück!", sagt mein Vater und reckt beide Daumen nach oben. Ich lächele und will gerade zur Tür hinaus gehen, da ruft er mich noch einmal.

„Ach Stella, fast hätte ich es vergessen. Ich bin heute Nachmittag bei der Arbeit und komme erst um 21:00 Uhr wieder. Wenn du möchtest, können wir uns dann nochmal unterhalten. Du kannst Riley auch gerne mitbringen. Ich würde liebend gerne eure Geschichte erfahren und auch, wie du herausgefunden hast, dass du Frauen magst."

„Das können wir gerne machen", sage ich. „Ich kann nicht garantieren, dass Riley mitkommen wird, aber ich versuche mein Bestes."

Ich fahre mit dem Fahrrad zu Riley. Der Weg ist nicht weit, aber es ist sehr windig heute und ich habe Gegenwind. Als ich bei Rileys Haus ankomme, bin ich außer Atem. Ich parke mein Fahrrad neben dem Haus und klingele. Als sich nach einer Weile nichts tut, klingele ich erneut. Durch die Scheibe kann ich jetzt Riley sehen, die allerdings keine Anstalten macht, die Tür zu öffnen und so klopfe ich gegen die Tür und rufe laut: „Riley mach auf! Ich kann dich sehen!"

Einen Moment später hat sie die Tür geöffnet und sieht mich mürrisch an. „Hi", sagt sie nur.

„Kann ich reinkommen?", frage ich vorsichtig.

„Ja", sagt sie und öffnet die Tür so weit, dass ich ihr ins Innere folgen kann. Sie geht in die Küche und schenkt sich ein Glas Wasser ein.

„Möchtest du auch was?", fragt sie mich.

„Ja gerne."

Eine Weile sagen wir nichts, dann unterbreche ich das Schweigen.

„Warum hast du nicht auf meine Nachrichten reagiert?", frage ich.

„Mein Handy war alle und ich habe vergessen, es aufzuladen", sagt sie und geht zum Kühlschrank, um sich einen Smoothie zu holen.

Ich schnaube. Sicher hat sie das. Ne lahmere Ausrede gibt es nicht.

„Bist du sauer auf mich?", frage ich in der Hoffnung, sie zum Reden zu bringen.

„Ne", kommt die knappe Antwort. Ich verdrehe genervt die Augen.

„Sorry, aber das glaube ich dir nicht", sage ich, woraufhin sie nur mit den Schultern zuckt und anfängt, ihre Spülmaschine auszuräumen.

„Kannst du vielleicht mal einen Moment damit aufhören, irgendwas aufzuräumen und einfach normal mit mir reden?", frage ich sauer.

„Ja, sorry", sagt sie immer noch mürrisch, aber immerhin setzt sie sich zu mir an den Tisch. „Also, worüber willst du reden Stella."

„Wegen gestern…", fange ich an.

Sie unterbricht mich. „Komm zur Sache."

Ich verdrehe die Augen. „Ich wollte mich bei dir entschuldigen und das klären, was offensichtlich zwischen uns steht, aber dafür musst du mich schon ausreden lassen."

„Also gut, ich höre", sagt sie und lehnt sich mit verschränkten Armen zurück.

Jetzt reicht es mir. Sie kann sauer sein, aber wie sie sich gerade verhält ist echt unverhältnismäßig. Ich habe keine Lust, ihr zu Füßen zu kriechen, Ein bisschen freundlicher kann sie schon sein.

„Hör zu, falls du sauer bist, okay, aber dann erkläre es mir auch und geh mir nicht aus dem Weg und tue so, als wäre nichts. Es tut mir leid, falls ich etwas gemacht habe, dass dich verletzt, oder worüber du sauer bist, aber ich kann es nicht verstehen und etwas verändern, wenn du nicht mit mir sprichst."

„Du willst wissen was los ist?", fragt sie.

Ich nicke.

„Ich habe das Gefühl, du schämst dich für uns, mich, das ist los. Und außerdem kann ich es nicht verstehen, wie du es verantworten kannst, dass Adam in der Nähe von Madi und Lili ist."

Verletzt sehe ich sie an. „Ich schäme mich doch nicht für dich, wie kommst du darauf. Und wegen Adam wollte ich auch mit dir sprechen und eine Lösung finden."

Wütend sieht Riley mich an. „Jetzt tu doch nicht so, als wäre ich die Böse hier."

Ich werde lauter. „Du drehst dir die Worte auch wie sie dir passen!"

Sie zieht mich hoch und als ich mich losreißen will sagt sie: „Komm wir gehen an den Strand. Hier drinnen drehe ich sonst vollkommen durch."

Ich laufe ihr hinterher und murmle: „Wenn´s nach mir geht, dann müssten wir gar nicht streiten."

Sie dreht sich um und hat Mühe, sich zu beherrschen. Mit zusammengebissenen Zähnen sagt sie: „Es geht aber nicht nur nach dir und das ist dein Problem verdammt!"

Wir gehen nach draußen und laufen schweigend den Strand entlang. Irgendwann bleibe ich stehen. Ich halte das Schweigen nicht mehr aus. Außer uns ist keiner hier, das heißt, wir brauchen auf niemanden Rücksicht nehmen.

„Also, was ist dein Problem?", frage ich Riley.

Sie dreht sich zu mir um und spricht: „Ich habe das Gefühl, dass du dich für mich und unsere Beziehung schämst. Klar, alles ist neu für dich und du hast Angst vor den Reaktionen andere, aber dass du einen Perversling wie Adam zu deinen Freunden lässt, nur damit deine Beziehung nicht öffentlich wird, das kann ich nicht verstehen."

Sie kämpft mit den Tränen. „Weißt du eigentlich, wie scheiße ich mich fühle? Es fühlt sich so an, als wäre die Geheimhaltung unserer Beziehung dein oberstes Gebot und wichtiger als die Beziehung selbst. Ich habe das Gefühl, dass es dir peinlich ist, mit mir zusammen zu sein und das tut weh, weil ich dich liebe Stella."

Jetzt kommen mir auch die Tränen. Ich wähle meine Worte vorsichtig.

„Vielleicht war es dumm, aber ich hatte einfach so Angst in dem Moment. Angst vor dem, was alle sagen und Angst vor dem, was sich ändert. In dem Moment, indem ich unsere Beziehung öffentlich mache, kann ich auch nicht mehr leugnen, dass ich nicht normal bin."

Fassungslos sieht Riley mich an. „Das du nicht normal bist? Stella hörst du, was du sagst? Kommt das in deinem Kopf an? Du hast gerade in einem Satz unsere ganze Beziehung in den Dreck gezogen."

Sie wendet sich von mir ab.

„So meinte ich das doch gar nicht!", sage ich unter Tränen.

„Wie denn dann Stella, erkläre es mir", sagt Riley resigniert.

Ich wische mir die Tränen aus dem Gesicht, aber es bringt nichts, es kommen immer neue.

„Stella rede endlich", sagt Riley eindringlich. Ich reiße mich zusammen und versuche, mich ihr zu erklären.

„Du hast recht, das was ich gesagt habe war dumm und unüberlegt. Es ist nur so, dass ich mir mein ganzes Leben gewünscht habe, dass ich normal bin. Und bis ich dich kennengelernt habe war das auch so."

„Ach, dann bin ich also schuld daran, dass du jetzt weißt, wer du bist?", fragt Riley und lacht trocken.

„Nein, so meinte ich das nicht. Versteh doch, für mich hat sich in den letzten Wochen alles gedreht und mir fällt es generell schwer, mit Veränderungen zurecht zu kommen. Ich habe herausgefunden wer ich wirklich bin, dank dir, und ich habe mich das erste Mal richtig verliebt. Ich liebe dich Riley und es fällt mir so schwer, das auszusprechen. Ich schäme mich dafür, dass es mir so schwerfällt und ich nichts dagegen tun kann. Wenn wir alleine sind, dann vergesse ich alles um mich herum und wenn ich dich sehe, kann ich nicht mehr klar denken, aber sobald Menschen um uns herum sind, bekomme ich panische Angst. Angst vor den Reaktionen aber auch Angst vor mir selbst. Und du hast recht, mir fällt es schwer, zu unserer Beziehung zu stehen, egal wie sehr ich dich liebe, denn zu akzeptieren und in die Welt zu schreien, dass ich bisexuell oder lesbisch bin, das schaffe ich einfach noch nicht. Und das hat nichts mit dir zu tun, denn du hilfst mir mehr dabei, mit all dem klarzukommen, als du weißt."

Jetzt weine ich wirklich. Riley auch.

„Denkst du mir geht es nicht auch manchmal so? Auch ich habe meine Ängste, aber ich möchte nicht ständig mit einer Lüge leben, sondern zu mir selbst, zu uns, stehen. Ich liebe dich so sehr Stella, aber ich möchte mich nicht mehr verstecken. Ich kann das so nicht mehr. Ich tue alles, damit du dich bei mir sicher und wohl fühlst, du kannst immer auf mich zählen. Ich liebe dich Stella, aber ich möchte, dass die Welt das erfährt!"

Ich schluchze auf und in mir zieht sich alles zusammen.

„Ich liebe dich doch auch, Riley. Und ich habe schon einen weiteren Schritt gemacht, denn ich habe meinem Vater von uns erzählt. Er hat dich zum Abendessen eingeladen, falls du überhaupt noch kommen möchtest."

„Weich mir bitte nicht aus. Ich halte es so nicht mehr lange aus. Ich will mich nicht mehr verstecken. Wir müssen es ja nicht heute öffentlich machen, aber in den nächsten Wochen würde ich es mir wünschen. Dass du deinem Vater von uns erzählt hast ist ein erster Schritt, aber auf Dauer reicht es nicht. Sonst…" Ein Schluchzer unterbricht sie. „Dann will ich nicht mehr. Dann kann ich nicht mehr."

Ich muss weinen, aber gleichzeitig auch lachen. Das schaffe ich! „Okay", sage ich, „okay!"

Sie muss auch lachen und dann umarmen wir uns. Irgendwann löse ich mich, weil ich mich noch einmal vergewissern möchte, ob für sie alles passt.

„Ist jetzt alles gut?", frage ich sie und streiche ihr eine Strähne aus dem Gesicht.

„Ja", sagt sie und wird dann ernst, „aber ich meine es ernst, lange mach ich das so nicht mehr mit."

„Ich weiß", sage ich, „kommst du denn heute Abend zum Essen?"

„Klar" sagt sie und grinst, „ich bin sowas von gespannt, wie dein Vater sich verhält!"

„Ich auch", sage ich und schlage vor, allmählich wieder zurückzugehen. Wir gehen einen längeren Weg zurück, der zum Teil durch eine Siedlung führt und unterhalten uns. Die Stimmung hat sich wieder entspannt und erstmal ist alles geklärt. Ich bin froh, dass Riley mich versteht und mir noch Zeit gibt, aber ich sehe auch, wie schwer ihr das fällt und es beunruhigt mich.

Irgendwann legt Riley ihren Arm auf meine Hüfte und gibt mir einen Kuss auf die Wange. Ich drehe mich zu ihr und will sie küssen, doch im letzten Moment ziehe ich mich wieder zurück, weil mir einfällt, wo wir sind.

„Na komm doch", sagt Riley lächelnd, „keine falsche Scheu."

Ich ziehe mich aus ihrer Umarmung und sage dann leise: „Madi und Lili wohnen hier. Was, wenn sie uns sehen?"

„Dann sehen sie uns halt!", sagt Riley und versucht mich zu küssen, doch ich weiche aus.

„Nein", sage ich bestimmt und gehe einen Schritt weg von ihr.

„Was soll das?", fragt sie und sieht mich verletzt an.

„Ich dachte wir sind uns einig", sage ich. „Wir machen unsere Beziehung in den nächsten zwei Wochen öffentlich, damit ich noch ein bisschen Zeit habe."

Sie schüttelt den Kopf. Auf einmal ist ihre Miene hart und strahlt eine kalte Endgültigkeit aus. „Und was meinst du wird in den zwei Wochen passieren? Du wirst dich plötzlich voll und ganz akzeptieren und alle Probleme lösen sich in Luft auf?"

„Vielleicht", sage ich, „ich hoffe es."

„Weißt du was ich glaube?", sagt sie verletzt. „Ich glaube du bist einfach nur zu feige, um zu dir zu stehen und in zwei Wochen würdest du mir genau das gleiche erzählen wie heute!"

Ich weiß nicht, was ich darauf antworten soll. Sie dreht sich um und sagt laut: „Tja, da ich keine Antwort von dir bekomme, liege ich wohl nicht falsch."

„Warum machst du das?", frage ich unter Tränen. Ihre Worte treffen mich tief. Auch wenn ich es niemals zugeben würde und den Gedanken allein schon verdränge, merke ich, dass sie irgendwo recht hat und das macht es nur noch schlimmer.

„Vergiss es einfach", sagt sie resigniert. „Das war's, ich geb's auf."

„Was habe ich denn jetzt getan?", frage ich verzweifelt und muss noch stärker weinen.

„Ich habe es gerafft Stella", sagt sie. „Du bist noch nicht bereit, zu uns zu stehen. Und ich möchte mich nicht mehr verstecken. Ich will auch keine zwei Wochen mehr warten, weil ich nicht glaube, dass sich für dich in der Zeit etwas ändert. Es ist okay, wenn du noch nicht so weit bist, aber wir können nicht länger zusammen sein."

„Du willst nicht mehr warten?", sage ich schluchzend, „Gut, dann machen wir es eben jetzt öffentlich. Ich werde alles tun, um dich nicht zu verlieren."

„Nein Stella, es ist zu spät. Ich möchte nicht, dass du dich meinetwegen dazu zwingst, zu dir zu stehen, wenn du eigentlich noch nicht bereit bist. Ich möchte, dass du das aus freien Stücken und unabhängig von mir tust, weil du dich in deiner Haut wohl fühlst und willst, dass andere das sehen. Du bedeutest mir unglaublich viel und ich werde das, was zwischen uns passiert ist, niemals vergessen, denn es war etwas ganz Besonderes. Aber wir stehen einfach an unterschiedlichen Stellen, was unsere Sexualität und die Offenheit damit angeht und deswegen muss unsere Beziehung enden. Es ist das Beste für uns beide, glaub mir. Bleiben wir jetzt zusammen, machen wir uns nur gegenseitig kaputt"

„Nein Riley, nicht. Ich liebe dich, ich kann dich nicht verlieren. Es muss doch eine Lösung geben!"

Sie gibt mir einen letzten Kuss und dann sagt sie: „Wenn die Liebe der Last überwiegt, dann lohnt es sich, für sie zu kämpfen. Aber wenn Last und Leid größer sind, dann muss man loslassen. Ich liebe dich Stella"

Dann geht sie.

Kapitel 8

Das wars dann wohl, jetzt ist alles vorbei. Ich bin nicht mehr wütend. Ich fühle nichts mehr, alles zieht einfach nur an mir vorbei. Dieser Moment wird einer der tiefsten meines Lebens sein. Ich fühle mich einfach nur leer. Emotionslos. Ich kann nichts mehr empfinden, weder Hunger noch Schmerz.

Ich sehe ihr nach wie sie davongeht und stehe hilflos da, weil ich nichts dagegen tun kann. Wie gerne würde ich ihr hinterherrennen, sie in den Arm nehmen und küssen, oder aufwachen und lachen, weil das alles nur ein schlechter Traum ist. Aber ich tue nichts dergleichen, wahrscheinlich, weil ein Teil in mir, der vernünftig ist, weiß, dass es das Richtige ist.

Weinen kann ich jetzt nicht mehr, meinen Vorrat an Tränen habe ich bereits aufgebraucht, aber mit ihr geht ein Teil meiner Seele. Ein Teil, der für immer ihr gehören wird und nie wieder nur mein eigener ist. Es fühlt sich an, als hätte man mir mein Herz aus der Brust gerissen und nichts wieder hineingetan. Das Atmen fällt mir schwer. Fast breche ich zusammen, ich kann mich gerade noch am Zaun neben mir festhalten.

Das ist er also, der Schmerz des Verlustes der ersten großen Liebe. Einer Person, von der du dachtest, dass sie niemals geht. Die mit dir durch dick und dünn geht. Mit der alles so leicht scheint und Probleme lösbar wirken. Die dich versteht und dich mit allem liebt was du bist, auch deine Fehler.

Wie konnte ich mich nur so täuschen. Ich dachte, wir könnten es schaffen. Ich habe sie geliebt, so sehr wie ich es konnte, aber es war nicht genug. Diese Erkenntnis schmerzt unglaublich.

Doch das ist nicht das Schlimmste, das Schlimmste ist, dass ich annahm, ihr ginge es genauso. Doch dem war nicht so. Und jetzt stehe ich hier, in Tausend kleine Teilchen zerbrochen, verlassen von dem einzigen Menschen, von dem ich hoffte, er würde ewig bleiben, zu verletzt, um zu weinen.

Es ist, als wäre ich ein Stein. Natürlich fühle ich alles, ich fühle es sogar so sehr, dass ich Angst habe, ich zerbreche daran, aber äußerlich bin ich vollkommen regungslos.

Ich sehe mich um und gehe zurück zum Strand. Das hier ist unser Strand. Hier hat alles begonnen und hier wird es auch enden, hat es geendet.

Ich gehe in Richtung Wasser, vorbei an allem, was mir so viel bedeutete, überschwemmt von Erinnerungen an den besten Sommer meines Lebens. Aber der Sommer endet irgendwann, so sehr man es sich auch wünscht, dass er bleibt. Und so endet nun auch mein Sommer.

Ich weiß, es wird meinem Vater das Herz brechen, wenn ich ihn wieder verlasse, doch ich kann hier nicht bleiben. Jetzt zu bleiben, würde mich zerstören. Es ist zu viel zerbrochen, als dass ich hier meinen Frieden wiederfinden werde.

Ich werde wieder zurückkehren, denn mein Vater ist mir sehr ans Herz gewachsen und ich will ihn nie wieder verlieren, aber jetzt, jetzt muss ich gehen.

Ich hoffe, dass ich eines Tages ohne Schmerz und Sehnsucht auf das zurückblicken kann, was mein Leben so drastisch veränderte.

Der Zeitpunkt der Abreise ist gekommen. Der Sommer neigt sich dem Ende und die Realität holt mich bald ein. Ich werde studieren und mein Leben planen müssen, das kann ich hier nicht.

Ich werde ihn wieder besuchen, meinen Vater und Madi, Lili und Troy. Ich werde meinem Vater einen Brief schreiben, indem ich ihm alles erkläre, denn ich schaffe es nicht, bis zum Abend zu warten und dann mit ihm zu sprechen. Ich werde ihm auch meine Adresse und Telefonnummer hinterlassen, damit er mir zurückschreiben, oder mich besuchen kann.

Madi, Troy und Lili werde ich auch einen Brief schreiben. Ich hoffe, sie können mich verstehen und sind nicht sauer auf mich, denn sie sind mir sehr ans Herz gewachsen. Während ich nach Hause, zu meinem Vater, gehe und dort meine Tasche packe, versuche ich mir jedes noch so kleine Detail von dem, was ich sehe, einzuprägen, um nichts von alledem hier zu vergessen.

Ich versuche, nicht an das Gesicht meines Vaters zu denken, wenn er nach Hause kommt und sieht, dass ich fort bin. Er wird vermutlich eine Limo trinken und sich auf die Veranda setzen, den Blick zum Meer, und den ganzen

Abend auf die Wellen starren, in der Hoffnung, dass ich plötzlich auftauche und ihm sage, dass er alles nur geträumt hat, so wie er es damals bei Mama auch getan hat.

Dann wird er sich schlafen legen und erkennen, dass es, egal, was er oder wir anders gemacht hätten, genauso geendet wäre und er wird weiterleben wie davor, doch jeden Abend, wenn er das Wasser beobachtet, wird er sich wünschen, Mama und mich darin zu sehen.

Er hat mir vor kurzem erzählt, dass er Mum nie vergessen hat und jeden Abend das Meer betrachtet, weil er hofft, sie darin zu sehen. Dieser Gedanke schmerzt so sehr, dass ich mich nur damit ablenken kann, dass mein Abschied nicht für immer ist und ich nicht ihn verlasse, sondern Riley und die Insel. Ihn werde ich wiedersehen, das weiß ich.

Ich sehe mich ein letztes Mal in seinem Haus um, das mittlerweile auch mein Zuhause geworden ist und lasse meinen Blick kreisen. Vor mir steht das alte verstimmt Klavier, das ich so liebgewonnen habe und auf dem Charles abends oft gespielt hat. Dahinter ist der klapprige Schreibtisch mit dem Tintenfass und rechts der Esstisch aus Treibholz. Ich spüre ein Ziehen in der Brust, das stärker wird, je länger ich alles betrachte und deute es als Zeichen zu gehen.

Ich gehe in mein Zimmer und packe meinen Koffer. Ich muss dabei weinen, denn aus dem stumpfen Gefühl in meinem Herzen ist ein Sturm geworden, der droht, mich aufzufressen.

Als ich fertig bin und aus der Haustür gegangen bin, sehe ich mir das Haus gründlich an.

Ich habe von allem Fotos gemacht; vom Garten, dem Haus, meinem Zimmer, dem Meer, meinen Freunden und Riley und mir. Wenn ich zuhause bin, werde ich sie entwickeln lassen und ein Fotoalbum machen, um die Erinnerungen für immer bei mir zu haben.

Ein letztes Mal gehe ich den Weg zur Fähre. Am Strand entlang, dann durch die alten Gässchen der Stadt und schließlich bin ich da. Die Fähre legt in 5 Minuten ab und außer mir sind nur ein altes Pärchen und ein Seefahrer an Bord.

Als das Schiffshorn das Signal zur Abfahrt gibt, lasse ich meinen Blick ein letztes Mal auf der kleinen Insel verharren, die mir am Ende viel Leid und Schmerz, aber auch bodenlose Freude und pures Glück bereitet hat. Dann wende ich mich ab und gehe zur Reling, in Richtung des weiten Meeres.

Wir fahren der untergehenden Sonne entgegen, die den Himmel und das Meer in die schönsten Farben tunkt und ich schaue kein einziges Mal zurück. Ich weiß wer ich bin und ich werde nie wieder sein, wer ich war, doch mich erfüllt eine gewisse Freude auf das, worauf ich zu segele, was auch immer es sein mag.

8 Jahre später

Ich stehe in der Küche und stecke die restlichen Kerzen auf den Kuchen. 26 müssen es insgesamt sein, bis jetzt habe ich 17 und es ist kaum noch Platz für mehr. Irgendwie schaffe ich es dann doch, alle Kerzen unterzubringen und stolz betrachte ich mein Werk. Die Torte, eine Himbeer-Sahne Torte, ist Melians Lieblingskuchen und da heute ihr Geburtstag ist, habe ich ihn für sie gebacken.

Ich bringe den Kuchen ins Wohnzimmer, wo Andy und Will gerade dabei sind, alles zu dekorieren. Sam ist mit Lia und Kelly einkaufen und um Melian abzulenken, hat Isaac sie zum Shoppen mit anschließendem Friseurbesuch eingeladen. Das war schwerer als gedacht, denn Melian hasst shoppen und Isaac hat all seine Überredenskünste gebraucht, damit sie mitkommt.

Seit ich vor vier Jahren nach New York gezogen bin, sind die sieben mir unfassbar ans Herz gewachsen. Sie haben mir damals geholfen, mich an der neuen Uni und in der großen Stadt zurechtzufinden und sind jetzt meine Familie hier. Ich sehe mich in der Wohnung um, in der ich und Melian jetzt seit fast zwei Monaten leben. Es ist eine Wohnung im 10. Stock mit großen Fenstern, moderner Einrichtung und einem tollen Blick auf die New Yorker Skyline.

Hätte mir vor acht Jahren jemand gesagt, dass das einmal mein Leben sein wird, hätte ich ihn wahrscheinlich nur ungläubig angesehen. Ich war mit Sicherheit eines der unsichersten jungen Mädchen überhaupt und hatte dauerhaft das Gefühl, unter Druck zu stehen, meine Gefühle verstecken zu müssen damit niemand verletzt wird und ich nicht verletzbar bin und durchgehende Angst davor, von Menschen verurteilt zu werden. Dadurch wurde ich mit der Zeit innerlich so aufgefressen, dass es mir psychisch und physisch sehr schlecht ging und mich die Unileitung zu einem Psychologen schickte. Dieser riet mir dazu, einen Neustart zu beginnen, damit ich eine Chance habe, all den Druck, den ich mir selbst aufgeladen habe abzubauen. Weil ich nicht mehr weiterwusste und es mich kaputt machte, mich quasi selbst zu zerdrücken, aus Angst, dass Menschen mich verurteilen und nicht akzeptieren, nahm ich seinen Rat an und beantragte einen Wechsel zur NYU. Und so kam ich nach New York. Die Entscheidung nach New York zu gehen war aus einem Impuls heraus, da ich mir als kleines Mädchen nichts sehnlicher gewünscht habe, einmal in New York zu sein.

Die Stadt hat mich verändert. Ich habe innere Stärke gefunden und eine Gruppe von Menschen um mich herum, die mir immer zeigt, wie sehr sie mich schätzen für die Person, die ich bin und ich könnte nicht glücklicher sein. In den vier Jahren, die ich nun hier bin, habe ich mich selbst kennengelernt und gelernt, mich so zu akzeptieren. Melian hat mir sehr dabei geholfen. Ich muss daran denken, wie wir uns kennengelernt haben und muss lächeln bei der Erinnerung daran.

Es war ein Samstagabend und ich war noch nicht lange in New York, von meinen Freunden kannte ich zu dem Zeitpunkt nur Sam. Sam und ich sind an diesem Abend zu einer Roof top Party von einem von Sams Cousins gegangen. Die Party war in einer dieser schicken Wohnungen mit eigenem Pool und Terrasse und das auf dem Dach. Ich kann mich noch genau daran erinnern, wie überwältigt ich von der Situation war und dass ich verzweifelt nach einem ruhigen Ort gesucht habe. Dabei bin ich mit jemandem zusammengestoßen. Melian. Wir haben uns direkt gut verstanden und weil wir beide genug von der Party hatten, haben wir den ganzen Abend im Badezimmer verbracht und geredet. Bald darauf hat mich Sam zu einem Filmabend mit ihren besten Freunden eingeladen. Diese Freunde waren Andy, Will, Lia, Isaac, Kelly… und Melian. Ab dann habe ich mehr und mehr mit ihnen gemacht und bin zu einem Teil ihrer Gruppe geworden. Mit Melian war es nie anders als mit den anderen, aber wir hatten von Anfang an eine besondere Connection.

Einmal, nachdem Isaac ein schlimmes Blind-Date mit einem Boy hatte, der versucht hat, ihm Drogen in sein Getränk zu mischen, habe ich mit ihm und Kelly über Liebe geredet. Melian war auch da, hat aber für die Uni gearbeitet und war daher nicht am Gespräch beteiligt. Isaac geht sehr offen mit seiner Sexualität um und erzählt viel von seinen Liebschaften mit Männern, was mir im Laufe des Gespräches den Mut dazu gegeben hat, ihnen zu erzählen, dass ich bisexuell bin. Das war ein riesen Schritt für mich, denn zuvor hatte ich mich dafür geschämt und wollte es nicht wahrhaben. Der Support, den mir daraufhin alle meine Freunde gezeigt haben, hat mich völlig überwältigt und ich habe mich zum ersten Mal in meinem Leben getraut, öffentlich dazu, und damit zu mir selbst, zu stehen.

Nachdem ich meinen Freuden erzählt habe, dass ich bi bin, hat sich zwischen Melian und mir etwas verändert, aber ich habe es nie wirklich gemerkt, bis wir uns vor fast einem Jahr an Silvester geküsst haben. Ich wusste, dass Melian ebenfalls bi ist, aber ich habe nicht daran gedacht, dass zwischen uns etwas laufen könnte. Nach unserem Kuss wurde uns beiden schnell klar, dass unsere Gefühle füreinander weit über Freundschaft hinausgingen und so begannen wir bald darauf, uns zu daten. Am Anfang war ich etwas unsicher in unserer Beziehung, da ich es auf keinen Fall vermasseln wollte. Ich hatte Riley und ihre Worte nicht vergessen und hatte Angst, dass sich die Geschichte wiederholt. Melian hat gemerkt, dass mich etwas belastet und so habe ich ihr von Riley und meiner Angst erzählt. Sie ist sehr verständnisvoll damit umgegangen und hat mit mir über all meine Bedenken gesprochen und mir gezeigt, dass es okay ist so zu fühlen, aber auch, dass Geschichten sich nicht wiederholen müssen und die Dinge sich ändern. Und das haben sie. Ich war so verliebt in Melian und wir hatten eine so enge emotionale Bindung, dass wir alle Hindernisse und Zweifel bezwingen konnten und unsere Liebe ständig gewachsen ist.

Ich werde aus meinen Gedanken gerissen, als Kelly, Lia und Sam mit den Einkäufen zurückkommen und zur Eile rufen, da Isaac und Melian bald kommen werden. Gemeinsam bereiten wir das Essen vor, welches wir später gemeinsam kochen werden. Die Idee kommt von Sam und sie ist perfekt, denn Melian liebt es, mit uns zu kochen. Dann dekorieren wir den Rest der Wohnung, stellen eine Flasche Champagner bereit und machen leise Musik im Hintergrund an. In dem Moment, in dem wir den letzten Fitzel Verpackungsmüll weggeräumt haben, hören wir, das Geräusch eines Schlüssels in der Tür. Schnell laufen wir in den Flur und stellen uns auf, um Melian zu empfangen. Als sie die Wohnung betritt und uns alle sieht, verzieht sich ihr Gesicht zu einem ungläubigen, aber freudigen Ausdruck.

„Überraschung!", rufen wir im Chor. Dann laufen wir einer nach dem anderen auf sie zu und umarmen sie. Als ich an der Reihe bin küsse ich sie kurz und innig, bevor sie von Kelly weggerissen wird.

Der Abend wird wunderbar. Gemeinsam machen wir Sushi und nachdem wir uns alle vollgegessen haben, sehen wir uns den Film „The Wedding Date" an. Den Film haben wir bestimmt schon fünf Mal gesehen, aber wir lieben ihn immer noch, besonders Isaac, der einen Crush auf den männlichen Hauptdarsteller hat. Danach versammeln wir uns in der Küche und wir stoßen mit dem Champagner auf Melian an. Sie schneidet den Kuchen an, während Isaac im Wohnzimmer die Musik laut dreht. Nachdem wir den Kuchen gegessen haben, gehen wir alle ins Wohnzimmer und beginnen zu tanzen.

Später am Abend, als wir alle ein bisschen müde werden, packt Will seinen Beamer aus und wir sehen uns Kindheitsfotos von uns allen an und erzählen die Geschichten dazu. Unter meinen Fotos ist eins, das mich mit Troy und Madi zeigt. Ich muss lächeln. Mit den beiden bin ich noch immer in gutem Kontakt. Letzten Sommer habe ich sie besucht und das Jahr davor waren sie hier. Sie sind jetzt schon seit acht Jahren zusammen und vor drei Monaten hat Madi mich überglücklich angerufen und mir erzählt, dass Troy ihr einen Heiratsantrag gemacht hat und sie ihr erstes Kind erwarten. Ich freue mich so sehr für die beiden, sie haben diese Zukunft wirklich verdient.

Irgendwann, so gegen zwei Uhr nachts, verabschieden sich unsere Freunde, weil wir alle vor Müdigkeit kaum noch aufrecht stehen können. Melian und ich bringen noch ein bisschen Ordnung in die Wohnung, wodurch wir wieder wach werden. Mir fällt ein, dass ich ihr noch gar nicht mein Geschenk gegeben habe. Den ganzen Abend waren wir so mit unseren Freunden beschäftigt, dass wir noch keinen Moment zu zweit hatten, in dem ich ihr mein Geschenk in aller Ruhe hätte überreichen können. Ich bitte sie, im Schlafzimmer auf mich zu warten.

Als ich mit dem Geschenk zu ihr komme und mich zu ihr aufs Bett setze, lächelt sie mich glücklich an.

„Weißt du eigentlich, wie froh ich bin, dich zu haben?", fragt sie mich und sieht mir in die Augen. Ich beuge mich zu ihr und küsse sie sanft.

„Ich liebe dich", sage ich.

Dann gebe ich ihr mein Geschenk in die Hand.

„Ich weiß, du hast dir nichts gewünscht, aber das hier wird dir gefallen, da bin ich mir sicher!"

Sie sieht mich schief an, doch ich nicke ihr ermutigend zu und so öffnet sie mein Geschenk. Als sie es in der Hand hält, steigen ihr die Tränen in die Augen.

„Wie hast du das gefunden?", fragt sie überwältigt. Ich sehe auf die Kette in ihrer Hand. Melian hatte früher eine

Kette, die ihrer Oma gehörte und eine sehr große Bedeutung für sie hatte. Irgendwann ist die Kette allerdings einfach weg gewesen und egal wieviel und wo Melian nach ihr gesucht hatte, sie konnte sie nicht wiederfinden. Sie hat mir mal Bilder von dieser Kette gezeigt und dann kam mir die Idee, einen Schmuckschmied aufzusuchen und ihn zu bitten, die Kette mit Vorlage der Fotos neu anzufertigen. Melian umarmt mich und fängt an zu weinen.

„Das ist das beste Geschenk, das ich je bekommen habe Stella. Danke, danke, danke. Ich kann gar nicht beschreiben, wie sehr ich mich freue, ich bin völlig überwältigt!"

Ich löse mich aus ihrer Umarmung und sehe ihr in die Augen. „Ich freue mich, dass du glücklich bist. Möchtest du die Kette tragen?"

„Ja bitte", sagt sie und gibt mir die Kette in die Hand. Vorsichtig lege ich sie ihr um den Hals und schließe den Verschluss. Sie dreht sich wieder zu mir und für eine Weile sehen wir uns einfach nur in die Augen. Dann küssen wir uns und legen uns hin. Melian legt ihren Kopf auf meine Brust und ich lege den Arm um sie. Bald darauf schläft sie ein. Ich bin noch wach, meine Gedanken lassen mich nicht in Ruhe.

Ich drehe meinen Kopf nach links und sehe aus dem Fenster hinaus auf die Skyline von New York. Ich denke zurück an den Sommer, in dem ich meinen Vater zum ersten Mal besucht habe und das erste Mal mit einem Mädchen zusammen war. Riley. Mit ihr habe ich seitdem nicht wieder gesprochen und ich glaube, ich möchte es auch gar nicht. Das, was wir hatten war besonders. Sie war so etwas wie meine erste große Liebe und sie hat mir etwas

Leben veränderndes mitgegeben. Nämlich, dass eine Beziehung in dem Moment scheitert, indem du mehr Angst davor hast, dass jemand von ihr erfährt, als Liebe zu deinem Partner. Damals hat mich die Angst vor Verurteilung aufgefressen und ich glaube, ich hätte nie öffentlich mit Riley zusammen sein können. Es war, wie sie gesagt hat. Ich war noch nicht so weit, zu mir zu stehen. Und ich bin ihr so dankbar dafür, dass sie mich nicht deswegen unter Druck gesetzt hat, sondern gegangen ist und mir so die Zeit gegeben hat, die ich brauchte.

Ich werde zurück in die Wirklichkeit katapultiert, als Melian sich auf mir bewegt. Sie schläft weiter. Ich sehe sie an, wie sie so ruhig und vertrauensvoll auf mir liegt und in mir breitet sich ein Glücksgefühl aus. Melian mag zwar nicht meine erste große Liebe gewesen sein, aber das ist auch nicht schlimm, denn sie ist meine Seelenverwandte. Dass ich so empfinde habe ich ihr bisher nicht erzählt, aber ich glaube, ihr geht es genauso. Wir ergänzen uns einfach perfekt. Wo die eine Schwierigkeiten hat, kann die andere helfen. Wo die eine fällt, fängt die andere sie wieder auf. Ich kann mir keinen besseren Menschen für mich vorstellen als sie. Ich weiß zwar nicht, was die Zukunft uns bringen wird, aber ich werde jeden unserer Momente zu 100% genießen.